PRISONNIER
À DIEPPE

Deuxième Guerre mondiale

I'm a book on a journey.
Our paths have crossed...
What's next?

BooksInside.org • a project for expanding prison libraries

Hugh Brewster

Texte français de Martine Faubert

Éditions
■SCHOLASTIC

Bien que les événements évoqués dans ce livre, de même que certains personnages, soient réels et véridiques sur le plan historique, le personnage d'Alistair Morrison est une pure création de l'auteur, et son journal est un ouvrage de fiction.

Catalogage avant publication de Bibliothèque et Archives Canada

Brewster, Hugh
[Prisoner of Dieppe. Français]

Prisonnier à Dieppe : la France sous l'Occupation / Hugh Brewster ; traduction de Martine Faubert.

(Au Canada)
Traduction de: Prisoner of Dieppe.
Comprend des références bibliographiques.
Pour les 8-12 ans,

ISBN 978-1-4431-1451-6

1. Dieppe, Raid sur, 1942--Romans, nouvelles, etc. pour la jeunesse.
2. Canada--Forces armées--Histoire--Guerre mondiale,
1939-1945--Romans, nouvelles, etc. pour la jeunesse. 3. Prisonniers de
guerre--Canada-- Romans, nouvelles, etc. pour la jeunesse.
4. Guerre mondiale, 1939-1945-- Prisonniers et prisons des Allemands-
-Romans, nouvelles, etc. pour la jeunesse. 5. Guerre mondiale,
1939-1945--Canada--Romans, nouvelles, etc. pour la jeunesse.
I. Faubert, Martine II. Titre. III. Titre: Prisoner of Dieppe. Français.
IV. Collection: Au Canada (Toronto, Ont.)

PS8603.R49P7414 2011   jC813'.6   C2011-902298-2

Édition publiée par les Éditions Scholastic,
604, rue King Ouest, Toronto (Ontario) M5V 1E1.

5 4 3 2 1   Imprimé au Canada 114   11 12 13 14 15

Le texte a été composé en caractères Minion.

MIXTE
Papier issu de
sources responsables
FSC® C016245

À Ron Reynolds, qui y était

Prologue

26 mai 1996

Mon cher Lachlan,

Tout a commencé à cause de toi.

Je suis sûr que tu te souviens de ton projet pour l'école, quand tu étais en cinquième ou sixième année. Tu es venu chez moi avec ton père et sa caméra vidéo, et tu m'as fait parler de la guerre. J'ai dit à ta grand-mère que je ne voulais pas, mais elle n'a rien voulu entendre. Elle m'a rappelé que je répétais sans cesse que les jeunes devaient savoir ce qu'était la guerre. Elle a dit aussi que ça pourrait m'aider à tourner la page.

« Tourner la page! me suis-je dit. Si seulement ça pouvait être si simple! Ça n'arrivera pas tant que je n'aurai pas fermé les yeux pour de bon… »

Eh bien voilà, Lachlan! J'ai promis à ta grand-mère, avant qu'elle ne meure, que je mettrais tout par écrit. Voici donc, couché sur le papier, mon souvenir de ce qui s'est passé en ce terrible matin du 19 août 1942, sur les plages de Dieppe, en France. Et les jours affreux qui ont suivi. Tu es le seul membre de la famille à t'intéresser à tout ceci. Tu as maintenant l'âge que j'avais quand je suis parti à la guerre. Cela t'aidera peut-être à comprendre ce que mon ami Mac et moi avons vécu, ainsi que tous les autres soldats. Tu comprendras peut-être pourquoi cela devait arriver.

Pour ma part, je ne comprends toujours pas.

Ton grand-père qui t'aime,

Alistair Morrison

CHAPITRE 1

CHEMIN HIAWATHA

14 juin 1929

— C'est vous les nouveaux, les Anglais, hein?

Des gars plus vieux s'étaient rassemblés près des balançoires où j'étais en train de pousser ma petite sœur Elspeth. Ma mère nous avait envoyés au parc, au bout de la rue, pendant qu'elle s'occupait de vider les valises et les boîtes dans notre nouvelle maison.

— C'est vous les nouveaux, les Anglais, hein? a répété le plus grand en parlant plus fort.

Je trouvais son accent canadien difficile à comprendre.

— Pardon? ai-je répondu.

— Pa-*rrr*-don? ont répété les gars en imitant mon « r » roulé d'Écossais et en se donnant des coups de coude.

— On n'est pas anglais, ai-je dit en arrêtant la balançoire et en entourant de mon bras les épaules d'Elspeth. On n'est pas anglais; on est écossais!

— Très bien, l'Écossais, a dit le plus grand, tout en chiquant sa gomme à mâcher tandis que les autres nous encerclaient. On ne t'a peut-être pas averti que ce parc était réservé aux *Canadiens*! Tu as oublié de *nous* demander la permission d'y entrer!

Puis il m'a poussé par terre et s'est mis à faire tourner la balançoire sur elle-même. Les chaînes s'enroulaient autour de la tête d'Elspeth et elle criait. Je me suis relevé et j'ai foncé sur lui, mais un autre gars m'a attrapé et m'a renvoyé par terre.

Soudain, j'ai entendu un long cri de guerre. Un gars au visage rougeaud fonçait sur la grosse brute. Il lui est rentré dedans, la tête en plein dans le ventre. Le grand s'est écroulé dans le sable en hurlant, et Elspeth a pu arrêter la balançoire. Les trois autres se sont précipités vers leur ami et l'ont aidé à se relever, avant de partir en nous criant des menaces.

Notre sauveur a aidé Elspeth à descendre de la balançoire, puis il m'a demandé si ça allait. Je lui ai fait signe que oui.

– Je m'appelle Mac, a-t-il dit. Je suis écossais, moi aussi, même si je ne suis jamais allé là-bas.

– Alistair, ai-je répondu. Et voici Elspeth. On vient de Glasgow.

– Bien! On est tous les trois écossais, et les Écossais doivent se serrer les coudes.

– *Scots wha hae*! ai-je crié.

Et j'ai répété plusieurs fois ces premières paroles de l'hymne national écossais.

– *Scots wha hae!* a répété Mac, avec un grand sourire. J'habite sur le chemin Hiawatha moi aussi, juste au bout de cette rue. On vous a vus emménager, hier.

Il nous a accompagnés à travers le parc et dans la rue, jusqu'aux marches de bois de notre perron. Puis il est parti en nous saluant de la main.

J'aimerais pouvoir te dire que, à partir de ce jour-là, Mac et moi avons été amis. Mais ce n'est pas exactement ce qui s'est passé. Il avait deux ans de plus que moi, et c'est beaucoup pour des enfants. Il allait à l'école catholique et moi à l'école publique protestante, alors nous partions dans des directions opposées pour nous y rendre. Souvent, il me saluait de la main et avec un clin d'œil, il me criait : « Salut le p'tit! *Scots wha hae!* »

Tout le monde se connaissait dans le chemin Hiawatha. Je connaissais donc ses frères et sœurs. Quand nous sommes arrivés d'Écosse, ma mère n'en revenait pas de rencontrer des gens si amicaux. En Écosse, il fallait d'abord être présenté, tandis qu'au Canada, les gens arrivaient chez vous pour vous offrir une tarte aux pommes, un pot de confiture ou des tartelettes aux raisins, un délice tout nouveau pour moi.

Avec la Crise de 1929, les gens de notre rue se sont rapprochés encore plus. D'un seul coup tous les pères, y compris le mien, se sont retrouvés sans travail. Mon père était arrivé d'Écosse un an avant nous et il avait trouvé un bon travail à l'usine de tracteurs Massey-Harris. Mais très vite, les fermiers n'ont plus eu les moyens d'acheter de nouveaux tracteurs. On racontait qu'à cause de la sécheresse, les Prairies étaient devenues d'immenses champs de poussière battus par le vent. À l'usine, mon père et des centaines d'autres ont été mis à pied. Tous les jours, il partait chercher du travail et revenait à la maison fatigué et découragé. Puis il s'est mis à passer ses journées assis dans le séjour ou sur le perron, habillé en camisole. Il fumait et lisait le journal. Mes parents ont songé à retourner en Écosse, mais la famille leur a écrit que ce n'était pas mieux là-bas.

Durant ces tristes années, pas de travail voulait dire pas d'argent. Pour avoir de quoi manger, les gens devaient donc faire la queue à la soupe populaire de la rue Queen. La famille de Mac a été durement touchée. Les McAllister avaient six enfants, et le père de Mac n'arrivait pas non plus à trouver du travail. Pendant un moment, il a vendu des brosses en faisant du colportage, mais je crois qu'il trouvait ça humiliant. Un jour, nous avons entendu dire qu'il était parti dans l'Ouest, dans l'espoir d'y trouver du travail. Il n'est jamais revenu. Colin, le grand frère de Mac, a cessé d'aller à l'école et s'est trouvé des petits boulots pour aider leur famille à survivre. Mac et son petit frère distribuaient le journal aux portes, tôt le matin. Après l'école, Mac faisait des livraisons à bicyclette pour l'épicier. Ma mère donnait régulièrement des paniers pleins des légumes de notre jardin à la mère de Mac, même si je sais qu'elle ne l'aimait pas beaucoup. Elle les regardait un peu de haut parce qu'ils étaient catholiques. Ma mère avait rapporté ce préjugé des vieux pays.

Chaque fois qu'elle réussissait à mettre quelques sous de côté, ma mère se payait une petite sortie « aux vues », comme elle disait quand elle allait au cinéma Rialto, le plus près de chez nous. Pour 25 cents, elle pouvait voir les actualités, des bandes-annonces des films à venir, un court-métrage et un long-métrage. Ma sortie préférée était d'aller à la bibliothèque municipale. Mon institutrice de deuxième année m'en avait parlé et, à l'âge de douze ans, j'avais lu tous les livres de la section pour enfants. La bibliothécaire, Mme Newman, m'a alors permis de prendre des livres dans la section pour adultes, mais à condition de toujours les lui montrer avant de les commencer. Je me revois en train de lire, installé dans la balancelle sur notre perron, tandis que Mac passait sur la bicyclette de l'épicerie, une grande boîte de provisions en équilibre sur le support, devant le guidon.

– Salut, le savant! me criait-il.

Chaque fois, je rougissais et je le saluais de la main.

Après deux ans à l'école secondaire, Mac a abandonné ses études afin d'aider sa famille. En général, il menait deux ou trois petits boulots de front et il trouvait encore le temps de voir ses amis (il était très populaire) et de faire partie d'une équipe de baseball. Vers dix-sept ans, il a trouvé du travail au service des expéditions de la Canada Packers. À force de soulever des grosses boîtes, il a vite eu de très larges épaules et de gros bras. Avec ses cheveux noirs, séparés par une raie bien nette et retombant sur son front, il ressemblait à Clark Gable dans le film *New York-Miami*. Je le vois encore en train de marcher dans notre rue, habillé en camisole, balançant sa boîte à repas noire en métal et sifflant un air. Ma mère criait alors : Voilà Clark Gable! Et mes deux sœurs, tout excitées, se précipitaient à la fenêtre.

Quand j'étais en dixième année, mon père est mort. Il avait réussi à trouver du travail à temps partiel à l'usine Massey-Harris, mais de jour en jour, son teint était devenu de plus en plus gris. Il avait été soldat pendant la Grande Guerre et avait été gazé en Belgique. Par la suite, il avait toujours eu de mauvais poumons. C'était un gros fumeur, même s'il n'aurait jamais dû fumer. Il s'est retrouvé avec de l'emphysème; il s'est mis à maigrir et à avoir de terribles quintes de toux. Un jour, je suis rentré de l'école, et j'ai trouvé ma mère et mes sœurs en pleurs. Il était mort.

Après les funérailles, j'ai dit à ma mère que j'allais quitter l'école et trouver du travail. Elle n'a rien voulu entendre.

– Non, mon garçon! a-t-elle dit. Tu dois finir tes études. Je vais m'en assurer.

Et c'est ce qu'elle a fait. En quelques jours, elle a trouvé un emploi d'apprentie opératrice de téléphone « chez Bell », comme elle disait. Elspeth, qui n'aimait pas beaucoup l'école, a pris des cours de dactylographie et a trouvé un travail de secrétaire. (Ma petite sœur Doreen n'était qu'en sixième année.) J'aimais l'école, surtout l'histoire et l'anglais, et je me débrouillais assez bien en langues étrangères, mais les mathématiques me donnaient du fil à retordre. Un jour, mon professeur d'histoire (mon préféré) m'a demandé si j'avais déjà pensé à aller à l'université, mais je savais que nous n'en avions pas les moyens. Les garçons du quartier Rosedale allaient à l'université, mais pas ceux de notre quartier.

Durant mon avant-dernière année à l'école secondaire, on parlait souvent de la possibilité d'une guerre contre l'Allemagne d'Adolph Hitler. À la radio, on pouvait entendre Hitler vociférer des discours que la foule acclamait en répétant : *Sieg Heil! Sieg Heil!* Certains de nos voisins croyaient qu'Hitler n'était pas si mal. Ils disaient : « Au moins avec Hitler, tout le monde travaille, en Allemagne. »

Quand Hitler a envahi la Pologne en septembre 1939, nous savions que la Grande-Bretagne allait déclarer la guerre à l'Allemagne. Une semaine plus tard, nous étions rassemblés autour de la radio pour écouter le premier ministre Mackenzie King nous annoncer que le Canada, lui aussi, était en guerre. L'avenir s'annonçait bien sombre.

Colin, le frère de Mac, était déjà dans la milice. Quelques semaines plus tard, on a appris qu'il partait dans un camp militaire et qu'il serait ensuite envoyé en Europe. À partir de ce jour-là, Mme McAllister dépendait encore plus de Mac. Je savais qu'il aurait aimé emmener des filles danser au Palais Royal ou faire un tour dans les montagnes russes, à Sunnyside, mais il n'en avait pas les moyens. Alors il a commencé à venir chez nous, le soir, histoire de sortir de chez lui de temps en temps. En général, j'étudiais, mais je m'arrêtais toujours pour passer un peu de temps avec lui. C'était très flatteur pour moi, qu'un gars fort et populaire comme Mac ait envie de passer du temps avec un étudiant maigrichon comme moi. Je crois que c'était parce que je le faisais rire, parfois même jusqu'aux larmes, même si ce n'était pas mon intention. Il lui arrivait de rire à en perdre le souffle. Et soudain, il se levait, me lançait un « Salut! » et partait en coup de vent.

L'été suivant, après avoir terminé mes études secondaires, j'ai trouvé un emploi temporaire à la chaîne d'étiquetage de la Canada Packers. Mac travaillait encore aux expéditions, et nous rentrions souvent ensemble en tramway. Un jour, il m'a parlé d'une lettre qu'il avait reçue de Colin, déjà en Angleterre. Colin racontait que les Anglaises étaient « folles des Canadiens ». Là-bas, on s'attendait à être envahi par l'Allemagne à tout moment, et Colin était cantonné sur la côte sud, dans une ville appelée Hastings.

– Hastings! me suis-je écrié. Les Normands y ont débarqué en 1066! Tu sais, Guillaume le Conquérant et tout le reste.

– Oh! OK, le savant! m'a répondu Mac, avec son

grand sourire. Si tu le dis!

Quelques jours plus tard, Mac m'a dit que, si on allait au champ de foire du Canadien National, on pourrait apprendre ce qu'il faut faire pour se rendre en Angleterre.

— Tu penses à t'enrôler? lui ai-je demandé.

— Ma mère me tuerait! a-t-il répondu. Mais ça n'engage à rien d'aller voir. Tu viens avec moi?

J'étais toujours flatté quand Mac me demandait de faire quelque chose avec lui, alors j'ai accepté. Le lendemain, nous avons pris le tramway qui longeait le lac jusqu'au grand portail du champ de foire du CN. Pour nous, les enfants, une sortie à la foire du CN était toujours un grand moment de nos vacances d'été, avec des dégustations gratuites dans le pavillon d'alimentation et parfois même des billets pour un tour gratuit dans le parc d'attractions. Mais le champ de foire du CN n'était plus le même. Des camions de l'armée et des hommes en rangs serrés circulaient partout. Nous avons vu une bannière sur laquelle il était inscrit *Royal Regiment*. Elle était accrochée sur la façade d'un bâtiment devant lequel des jeunes faisaient la queue. Nous nous sommes mis au bout de la file. Quand nous sommes entrés, on nous a donné des formulaires à remplir.

— Attends! ai-je dit à Mac. Ce sont des

formulaires de *recrutement*. On ne va pas faire ça : ma mère en ferait une attaque!

– Réveille-toi, Allie! m'a-t-il répondu en me faisant un clin d'œil. Il faudra bien que tu coupes le cordon, un de ces jours. Tu pourras voir les falaises blanches de Douvres, Big Ben à Londres et peut-être même ta parenté écossaise!

Soudain un homme en uniforme s'est mis à hurler.

– Dépêchez-vous, vous deux. Arrêtez de bavasser, vous retardez les autres.

Nous nous sommes assis à une longue table. Mon cœur battait très fort. J'ai regardé Mac qui remplissait déjà son formulaire. Pour la première fois, j'ai vu que son nom complet était Hamish McTavish McAllistair. Pas étonnant qu'il préfère être appelé Mac! Je ne voulais pas m'enrôler. Me faire crier dessus et recevoir des ordres ne me plaisait pas beaucoup. Mais me faire crier dessus par le contremaître de la Canada Packers n'était pas beaucoup mieux. Et puis, ce serait formidable de voir Londres et tous ces endroits que je connaissais seulement par les livres.

Je pourrais peut-être *même* me rendre à Glasgow, visiter mes tantes et mes cousins. Je me rappelais très bien l'immeuble de grès rouge où nous habitions tous.

J'ai saisi le stylo et j'ai commencé à écrire mon nom en lettres moulées.

Environ une heure plus tard, nous faisions une autre queue, cette fois-ci uniquement vêtus de nos sous-vêtements. Au fond de la pièce, un médecin avec un stéthoscope examinait chaque nouvelle recrue. Pâle et maigrichon, j'étais gêné de me retrouver à côté de Mac, lui qui était fort musclé. Mon tour venu, j'ai probablement traîné de la patte, car un officier avec une petite moustache bien cirée a crié : « Dépêche-toi, le tas d'os! Avance par ici! L'armée va peut-être t'aider à te remplumer! » J'ai rougi et me suis dépêché de me présenter devant le médecin.

Après toutes les inspections, ils nous ont tous fait mettre en une seule ligne et nous ont dit que nous étions devenus des « Royal », c'est-à-dire des membres du *Royal Regiment of Canada*. Dans une semaine, nous devions nous présenter pour l'entraînement.

En sortant, Mac sautait de joie.

– Eh bien, Allie, on a réussi! RÉ-U-SSI!

Puis, sur l'air de *It's a long way to Tipperary*, il s'est mis à chanter : *It's a long way to Piccadilly*. Ensuite, il a éclaté de rire. J'ai ri aussi, gagné par son enthousiasme. Mais j'avais des doutes sur ce que nous venions de faire. Et j'étais mort de peur de devoir l'annoncer à ma mère.

— Qu'est-ce que tu es allé faire là? s'est-elle exclamée en apprenant la nouvelle. Qu'est-ce que ce vaurien de catholique est allé te mettre dans la tête? Je m'en vais dire deux mots à sa mère, et tout de suite!

— Maman, on n'est plus des enfants, ai-je répliqué. Et puis, c'est trop tard : nous nous sommes enrôlés. Je vais pouvoir revoir l'Écosse et tante Lily et les cousins…

— Tu ne reverras personne si tu te fais tuer! Y as-tu seulement pensé?

Elle s'est laissée tomber sur sa chaise, l'air découragé. Puis elle a enfoui son visage dans son tablier et elle a pleuré comme je ne l'avais jamais entendue pleurer, même à la mort de mon père.

— Oh, mon garçon, mon pauvre garçon! Qu'est-ce qui t'a pris? se lamentait-elle entre deux sanglots. Tu ne sais pas… Tu n'es pas fait pour l'armée… Ton père a fait la Grande Guerre, et regarde où ça l'a mené…

Elle est partie dans sa chambre en courant et elle a claqué la porte. On l'entendait pleurer dans toute la maison. Par moments, ses sanglots s'arrêtaient et je me disais que je devais aller lui parler, mais ils reprenaient aussitôt. Mes sœurs tournaient en rond dans la maison, en me lançant des regards furieux.

C'était très dur de voir ma mère si bouleversée mais, en même temps, cela me facilitait les choses. Je savais que je devais fuir cette maisonnée de femmes. Je devais trouver ma voie dans le vaste monde et devenir un homme.

Du moins, c'est ce que je croyais.

CHAPITRE 2

LE CAMP DE BORDEN
12 août 1940

Je me suis réveillé très tôt. Un instant, j'ai cru que j'étais encore dans mon lit, à la maison. Les premiers rayons du soleil traversaient la toile de la tente, et je me suis senti heureux. Puis je me suis rappelé où j'étais, et mon cœur s'est serré : le camp de Borden. Et encore toute une journée d'entraînement de base m'attendait. J'étais couvert de bleus et d'égratignures, j'avais mal partout, j'en avais déjà assez et c'était seulement notre deuxième semaine. Les avertissements de ma mère résonnaient sans cesse dans ma tête : Tu n'es pas fait pour l'armée. À ce moment-là, je l'avais envoyée promener, mais aujourd'hui je me demande si elle n'avait pas raison, finalement.

J'entendais renifler et ronfler les sept autres types étendus dans leurs sacs de couchage autour du poteau central de notre vieille tente qui sentait le moisi. Puis le clairon a sonné le réveil : *ta ta, ta tata, ta tata ratata ratata, ta tata, ta tata, ra tata!*

Ensuite, on a entendu la sempiternelle voix

du sergent-major Kewley, notre instructeur d'entraînement.

Quand j'ai passé la tête dehors, je l'ai vu qui circulait entre les tentes en tapant dessus avec son bâton de sergent.

– Debout, les gars! Tout le monde debout! Vite, vite VITE! Gymnastique dehors dans cinq minutes, en caleçon seulement, a-t-il crié, comme tous les matins. Debout, dehors, ET QUE ÇA SAUTE!

Kewley était un représentant absolument typique de la vieille armée britannique. Il avait combattu à la bataille de la Somme en 1916 où, comme il nous l'avait raconté avec son accent typiquement britannique, « tant de valeureux soldats avaient trouvé la mort : cinquante mille le premier jour seulement ».

J'ai souvent souhaité qu'il soit mort ce jour-là, car il criait sans cesse après tout le monde, et en particulier après moi.

– Du nerf, Morrison! me hurlait-il pendant les exercices au pas sur le terrain de manœuvres. On n'est pas au salon de thé, ici! SUIVEZ la cadence!

Durant les inspections, il trouvait toujours quelque chose à redire sur mon uniforme ou mon fusil, et je peux encore sentir son affreuse haleine de fumeur qu'il m'envoyait au visage quand il me regardait de ses yeux méchants, avec son gros nez tout couperosé et sa ridicule petite moustache.

– Vous pensez que c'est *drôle*, soldat Morrison? Vous vous croyez au-dessus de ça? Je vais vous les arranger, moi, vos grands airs *supérieurs*!

Je ne sais pas combien de fois il a pu me cracher au visage ce mot SE-PI-RIÂ, comme il disait avec son accent britannique. Parfois, des brins de tabac venant de ses cigarettes roulées à la main atterrissaient sur mon visage. Je ne sais pas pourquoi il s'en prenait si souvent à moi. Je n'étais pas le pire soldat de notre peloton. Il y avait un Italien rondouillard, Pullio, qui était toujours à bout de souffle. Et il y avait deux ou trois jeunes Polonais qui comprenaient à peine l'anglais.

Contrairement à Mac, je n'avais pas la carrière militaire dans le sang, c'était évident. Kewley a tout de suite fait de Mac un de ses préférés. Quand je suis sorti de la tente en caleçon, j'ai aperçu Mac qui s'étirait dans la lumière du soleil levant. Puis l'instructeur de conditionnement physique, bâti comme une armoire à glace, est arrivé en donnant un coup de sifflet. Nous nous sommes aussitôt mis en rangs. Nous avons commencé par des sautillements sur place. Puis nous avons fait des flexions de genoux, les bras tendus, des pompes et enfin, de la course sur place. Pour des gars forts comme Mac, c'était facile. Pour ma part, j'avais toujours évité les sports et, à l'école secondaire, je détestais les cours d'éducation physique. Au bout de vingt pompes, j'avais les bras en compote et je m'écrasais par terre. Heureusement, l'instructeur de conditionnement physique n'avait pas l'air de s'en apercevoir.

Après l'entraînement, nous attrapions nos serviettes et nous nous rendions aux douches pour nous laver à l'eau froide et nous faire la barbe. L'odeur du bacon grillé qui nous arrivait de la cantine nous faisait tous saliver. Tout le monde aimait râler contre la tambouille de l'armée même si en réalité, la plupart des recrues y mangeaient bien mieux qu'à la maison. En faisant la queue à la cantine, je voyais passer des assiettes débordantes d'œufs brouillés et de bacon, et nous avions même des saucisses, à l'occasion. Nos bottes tambourinaient sur le plancher de bois brut de la cantine nouvellement construite. Les murs extérieurs étaient seulement recouverts de papier goudronné noir. De grandes baraques étaient en construction, mais elles ne seraient pas prêtes avant la fin de nos douze semaines d'entraînement. Nous devions donc nous contenter des vieilles tentes Bell, inutilisées depuis la fin de la guerre de 1914-1918. Nos uniformes kaki, nos casques d'acier et nos fusils Lee-Enfield dataient tous de la Grande Guerre, eux aussi. Même chose pour les gros masques à gaz que nous transportions dans nos sacs d'équipement.

Au moins, nous n'avions pas à creuser des tranchées, contrairement à la plupart des Royal qui avaient fait leur entraînement au camp de Borden, quelques mois avant nous. On pouvait encore voir celles des champs environnants, maintenant à moitié remplies d'eau. Je pensais à mon père qui avait dû vivre dans une tranchée pendant la dernière guerre.

Le premier contingent de soldats du Royal Regiment s'était embarqué pour l'Angleterre au mois de juin précédent. Mais ils s'étaient retrouvés en Islande. L'armée d'Hitler avait envahi le Danemark et la Norvège le 9 avril 1940, et on craignait que l'Islande soit sa prochaine cible. Les Royal ont donc été cantonnés près de Reykjavik, et nous pensions aller les rejoindre dans quelques mois.

Mais au mois d'août, tout le monde savait que cette guerre se jouerait probablement avec l'aviation plutôt que l'infanterie et ses tranchées. Des apprentis pilotes de l'aviation canadienne arrivaient continuellement en très grand nombre au camp de Borden. Pendant leurs vols d'entraînement, certains aimaient bien piquer sur nous et nous faire voir le dessous de leurs ailes de près. Mac levait alors la tête et disait :

– Allie, on aurait dû s'enrôler dans l'aviation.

– Bien sûr, avais-je l'habitude de répondre. À condition de vouloir mourir jeune.

Dans le ciel d'Angleterre, les pilotes britanniques à bord de leurs Spitfire étaient déjà engagés dans un combat acharné contre les Messerschmitt de la Luftwaffe d'Hitler. À la fin de juin, nous avions vu au cinéma des films d'actualités sur Hitler défilant dans Paris comme s'il était chez lui, ce qui était malheureusement vrai. Après la chute de la France aux mains des Allemands, nous avons entendu à la radio l'inoubliable discours du premier ministre britannique, Winston Churchill.

… La bataille de France est terminée. Je crois que la bataille d'Angleterre est sur le point de commencer… L'ennemi sera bientôt forcé de lancer contre nous toute sa furie et sa puissance… Nous devons par conséquent rassembler nos forces et accomplir notre devoir, nous comporter de telle manière que si l'Empire britannique et son Commonwealth existent toujours dans mille ans, les hommes pourront dire : « Ce fut leur heure de gloire ».

Peu après, la radio rapportait le bilan des bombardements allemands sur Londres et d'autres villes britanniques. Ma mère m'a écrit qu'elle se faisait du souci au sujet de tante Lily et du reste de sa famille à Glasgow. Avec la menace de voir les nazis envahir la Grande-Bretagne, tous les entraînements ont été accélérés au camp de Borden. Peut-être était-ce la perspective de voir les troupes d'Hitler défiler dans les rues de sa chère belle ville de Londres qui rendait Kewley si dur envers nous.

Nos entraînements commençaient tout de suite après le déjeuner. Le tir au fusil n'était certainement pas *mon* heure de gloire. Mes balles semblaient toujours vouloir se ficher dans les bottes de foin, loin des cibles de papier épinglées dessus. Les cartons de Mac avaient presque toujours quelques balles en plein centre. Il avait vite appris à démonter son Lee-Enfield : il retirait la culasse et les autres parties, les alignait toutes, puis remontait son fusil. Kewley nous avait avertis que nous devrions bientôt tous savoir le faire les yeux fermés. J'arrivais à peine à le faire les yeux ouverts!

Les exercices à la baïonnette me mettaient eux aussi au supplice. Une fois ces satanées longues piques fixées aux canons de nos fusils, nous étions censés attaquer des sacs de foin suspendus en y enfonçant nos baïonnettes tout en lançant des cris. À la première charge, je suis entré en collision avec Pullio, et nous sommes tous les deux tombés par terre en riant. L'instant d'après, la vilaine face de bulldog de Kewley apparaissait au-dessus de moi.

– Soldat Morrison! Vous trouvez ça drôle? Ça sera toujours aussi drôle quand un nazi s'attaquera à votre sœur? Répondez!

– Pas drôle, M'sieur, ai-je grommelé.

– *Plus fort*, soldat Morrison! m'a hurlé Kewley.

– Pas drôle, M'sieur! ai-je crié, en me tenant bien droit, au garde-à-vous.

Je ne trouvais pas particulièrement drôle non plus l'idée d'enfoncer ma baïonnette dans le ventre d'un homme, même si c'était un nazi. Une des rares choses que je maîtrisais bien, c'était imiter l'accent britannique de Kewley, pour le plus grand plaisir de Mac et de quelques autres. Je le faisais pendant nos heures de repos. Et chaque fois que nous entendions une mauvaise blague, nous entonnions tous les deux un « Pas drôle, M'sieur », ce qui déclenchait le rire des autres.

Je pense que Mac était quand même gêné qu'on me considère comme le plus gros raté de notre peloton. Il passait plus de temps avec des gars qui avaient été « soldats du samedi » dans la milice. L'entraînement de base était pour eux un jeu d'enfant. Quand nous rejoindrions le reste du régiment, certains d'entre eux gagneraient probablement un chevron et deviendraient caporaux. Je me demandais si par hasard Mac ne lorgnait pas un chevron, lui aussi. Mais quand je lui ai posé la question, il a simplement ri.

En tout cas, il m'a aidé pour apprendre à démonter et remonter mon fusil. Quand je n'avais pas à le faire devant Kewley, qui me rendait nerveux, j'y arrivais assez bien. Mac était un instructeur très patient. Malheureusement, il ne pouvait pas m'aider sur le terrain de manœuvres, quand je perdais la cadence ou que je tardais à placer mon fusil quand Kewley hurlait « Présentez armes! ». Kewley croyait que je le faisais exprès, mais pas du tout. C'était simplement parce que je me mettais à cafouiller dès qu'il était là.

Après les manœuvres, c'était le dîner. Le menu était presque toujours le même : soupe, sandwichs à la mortadelle et thé. Après le repas, nous partions faire des marches d'entraînement. Le Royal Regiment était un régiment d'infanterie, et nous avons vite appris ce que ça impliquait d'être un « soldat à pied ». Le lundi, nous avions une marche d'entraînement de 8 km; le mardi, c'était 16 km. Chaque jour, nous faisions 8 km de plus, jusqu'à atteindre 40 km le vendredi. Parfois nous marchions sans charge et d'autres fois, avec tout l'équipement au grand complet : casque d'acier, tenue de combat, harnais ventral servant à accrocher des accessoires comme notre masque à gaz, ainsi qu'un sac à dos contenant un poncho imperméable, des bas, des sous-vêtements et une paire de bottes de rechange.

À mon grand soulagement c'étaient généralement de jeunes officiers, plutôt que Kewley, qui nous accompagnaient pour ces marches d'entraînement. Lorsqu'il faisait très chaud, ils nous faisaient faire des marches avec peu d'équipement : juste nos sacs à dos et des bouteilles d'eau.

Durant la première semaine, mes bottes me faisaient des ampoules grosses comme des raisins. Toutes les heures, nous avions dix minutes de pause pour nous reposer et inspecter nos pieds. Nous devions retirer nos bottes, assécher nos pieds, percer nos ampoules et les recouvrir d'un pansement, puis mettre de la poudre pour les pieds, mettre de nouveaux bas et nos autres bottes si nécessaire. Mes deux paires de bottes me donnaient des ampoules et, durant cette première semaine, je marchais souvent en boitant. Mais mes pieds ont fini par s'endurcir, et je me suis même mis à apprécier les marches d'entraînement. Elles me faisaient sortir du camp, loin de Kewley, et j'aimais marcher sur les routes de campagne dans la chaleur de l'été. Parfois nous chantions des marches militaires pleines de grossièretés, comme la fameuse chanson au sujet d'Hitler qui, contrairement à la plupart des hommes, n'aurait eu qu'une c…

Comme nous étions des Royal, nous avons aussi appris la chanson non officielle du régiment. Les Royal avaient été surnommés les *Basher's Dashers*, en référence au colonel G. Hedley Basher, à la tête du régiment qui était cantonné en Islande à ce moment-là. Je me rappelle encore les paroles :

We had to join UP, We had to join UP!
We had to join old Basher's Dashers.
Two bucks a week
Bugger all to eat
Great big boots and blisters on our feet.

Ça voulait dire que pour deux dollars par semaine, on était mal nourris, on portait de grosses bottes et on avait des ampoules aux pieds.

Puis nous répétions le refrain (*We had to join UP!*) en chœur et nous terminions par ce couplet :

If it wasn't for the war
We'd have buggered off before.
Basher, you're balmy!

(« Si ce n'était pour la guerre, on ficherait le camp. »)

*   *   *

À la fin du mois de septembre, nous faisions des entraînements plus techniques. J'ai découvert que je me débrouillais pas mal pour lire les cartes et utiliser une boussole. Au champ de tir, on nous a donné des Tommy pour nous enseigner le maniement des armes automatiques. Nous avions vu ces pistolets mitrailleurs Thompson dans des films de truands, comme *Scarface*. Nous nous prenions alors pour des bandits de Chicago. Chaque fois que je touchais la cible, je criais dans ma meilleure imitation de James Cagney : *Gotcha, you dirty rat* !(« Je t'ai eu, sale face de rat! »)

Mac et des gars de la milice ont aussi suivi un entraînement avec des mitrailleuses Bren, toutes nouvelles et plus légères. Ils s'étendaient à plat ventre, écartaient les deux pattes qui soutenaient le canon et se mettaient à tirer.

Les feuilles des arbres jaunissaient peu à peu, tout autour du camp, et je me sentais devenir peu à peu un soldat. J'arrivais à faire le conditionnement physique du matin sans m'écraser par terre. Je me suis aperçu que j'avais des bosses derrière les bras : des triceps, m'a expliqué Mac. Et j'ai remarqué que Pullio avait même perdu un peu de gras autour du menton. Je le considérais comme un ami. Les gars du peloton s'étaient tous rapprochés, à force de souffrir et de suer à s'entraîner tous ensemble. Comme j'avais grandi dans une maison de femmes, j'étais content de me sentir homme parmi des hommes.

Nous étions aussi liés par notre haine envers Kewley. À notre grand soulagement, nous le voyions moins souvent, les derniers temps. Mais un après-midi, il est venu nous dire qu'il nous dirigerait pour une marche d'entraînement. Sauf que ce serait une patrouille tactique, nous a-t-il annoncé. Quand il nous a ordonné de nous habiller en tenue de combat, avec nos fusils, nous avons tous rouspété. Une fois rassemblés, il nous a dit de prendre notre cirage à chaussures et de nous en noircir le visage. Puis il nous a emmenés en criant des ordres.

Nous sommes sortis du camp et nous avons pris des routes de campagne. Il nous faisait marcher au pas presque tout le temps. Personne n'avait envie de chanter. À 16 kilomètres de Borden, il nous a fait faire un demi-tour. Nous sommes arrivés à l'entrée d'un chemin de bûcherons qui partait vers la gauche, et il nous l'a fait prendre. Nous avancions péniblement, en pleine forêt. Le chemin est devenu un simple sentier. Puis nous sommes arrivés au pied d'une falaise rocheuse, qu'il nous a fait grimper à mains nues. Ensuite, il nous a fait monter et redescendre plusieurs collines au pas de course, jusqu'au bord d'une rivière que nous devions traverser à gué, en portant nos fusils sur nos têtes.

Le soleil était de plus en plus bas. Pourtant, nous continuions de nous enfoncer dans la forêt. Il n'y avait plus de sentier. Je ne savais pas si nous étions encore en terrain militaire. Le camp de Borden s'étendait sur 85 kilomètres carrés, en grande partie boisés. Quand nous nous sommes retrouvés à patauger dans une cédrière, plusieurs d'entre nous ont commencé à se dire que Kewley ne savait plus où il était. Nous étions tous fatigués, trempés, mal fichus, et nous avions peur de manquer le souper. Nous aurions dû nous diriger vers l'ouest pour revenir au camp. Pourtant Kewley nous faisait avancer en direction nord-est. J'ai pris mon courage à deux mains et je suis allé le voir.

– Monsieur, pour retourner au camp, nous devrions aller dans cette direction, ne croyez-vous pas? lui ai-je demandé en pointant le doigt vers l'ouest.

– Soldat Morrison, est-ce que je vous ai demandé votre avis? a-t-il rugi, son visage rouge tournant au violet.

– Non, M'sieur!

– Alors *ferme-la*! OK les gars, a-t-il crié. Suivez-moi!

Nous avons tous rouspété quand il nous a fait avancer dans des broussailles, monter puis redescendre encore une colline. Je me suis retrouvé pas très loin derrière lui. Nous nous sommes arrêtés au pied de la colline, au bord d'un étang couvert d'algues, afin d'attendre les autres. Soudain Pullio et quelques autres à sa suite ont dévalé la pente en courant et me sont rentrés dedans. Je me suis retrouvé dans l'étang plein d'algues. Je me suis relevé, crachant de l'eau et jurant contre Pullio. Puis tout d'un coup, je me suis senti agréablement rafraîchi par l'eau froide. J'ai ramassé une poignée de boue et la lui ai lancée. Il m'en a renvoyé une. J'en ai lancé d'autres et j'ai touché Murphy, un gars pas très grand qui adorait la bagarre. La minute d'après, nous nous lancions tous de la boue.

Kewley, qui était déjà reparti, est revenu en courant et s'est aussitôt mis à m'engueuler. Je suis sorti de l'eau. J'étais assis au bord de l'étang, tout essoufflé, et j'essayais d'ôter la boue de mes jambes et de mes bottes. Kewley était enragé. Debout au-dessus de moi, il me menaçait de son bâton et me hurlait tout un chapelet d'injures. Soudain, Mac était derrière lui. Il a pris Kewley par les épaules et l'a poussé sur le côté.

– Ça suffit! lui a-t-il dit avec fermeté. Ça suffit!

Puis il m'a tendu la main, m'a aidé à me relever et m'a redonné mon fusil.

– C'est une *faute* grave! a hurlé Kewley. Frapper un supérieur! Vous êtes bon pour la *cour martiale*! Votre carrière est *finie*, mon garçon. FI-NIE! Vous irez au trou pour très, *très* longtemps!

Pendant le reste de la marche, j'étais comme hébété. Nous sommes sortis de la forêt et nous avons aperçu les traces d'une voiture à chenilles dans l'herbe. Nous étions donc près du camp. Après le souper (que j'ai à peine pu manger), la police militaire est venue nous chercher, Mac et moi. Ces têtes de lard nous ont emmenés au quartier général. Mac a été dirigé vers une salle et moi vers une autre. Quand j'y suis entré, deux officiers étaient assis sur des chaises. Je les ai salués, et on m'a dit de rester debout, au repos. Puis ils m'ont demandé de raconter ce qui s'était passé. Pendant que je parlais, ils prenaient des notes. Quand j'ai eu terminé, ils m'ont posé quelques questions, puis ils m'ont dit d'attendre dehors. Je me sentais vraiment très mal. Je me fichais d'être renvoyé, car tout était de ma faute. Mais Mac ne méritait pas la cour martiale ni la prison militaire. Puis il est sorti. On nous a tous les deux congédiés, sans plus. En retournant à nos tentes, je lui ai demandé si nous allions être renvoyés.

– Non! a-t-il dit. Tu rigoles? Ils savent bien que Kewley est un abruti.

– Alors qu'est-ce qui va se passer? ai-je demandé.

– Oh! Confinés dans les baraquements, solde suspendue, exercices avec tout l'équipement.

Je n'étais pas sûr de le croire, mais j'espérais que c'était vrai. Et ça m'a aidé à m'endormir, ce soir-là.

Le lendemain matin, Mac et moi avons été cités à comparaître devant trois officiers. On nous a servi un sermon sur la gravité de nos fautes. On nous a dit qu'elles resteraient inscrites dans nos dossiers et que notre solde serait coupée pendant deux semaines.

– Normalement, je vous aurais condamnés à marcher au pas sur le terrain de manœuvres jusque passé minuit, et vous auriez été privés de permission à Noël, avait conclu le major. Mais nous sommes en guerre, et les choses sont un peu différentes.

Puis on nous a dit que notre période d'entraînement était écourtée et que nous allions partir pour l'Angleterre. Le Royal Regiment était sur le point de quitter l'Islande pour aller prêter main forte en Grande-Bretagne. Nous devions le rejoindre là-bas. Nous avions donc quatre jours de permission à partir du lendemain, puis nous irions à Halifax pour nous embarquer vers l'Angleterre.

Après avoir reçu notre congé et quand ils ne pouvaient plus nous entendre, Mac a lâché un cri, m'a attrapé la tête et m'a frotté les cheveux avec son autre poing.

– Sauvés par la cloche, Allie! Sauvés par la satanée cloche! On part en Angleterre!

Nous avons ri comme des fous, et la tête nous tournait, tant nous étions soulagés.

Le lendemain, nous avons pris le train pour Toronto ensemble. Mac regardait par la fenêtre. Soudain il s'est tourné vers moi.

– Eh bien! Savais-tu que le pauvre Kewley s'est retrouvé la tête dans le fossé à m..., hier soir?

– Sans blague! ai-je dit en m'imaginant Kewley la tête couverte de boue et d'autre chose, dans le fossé de drainage puant du camp. Il est tombé dedans? Il était soûl?

– Oui, a répondu Mac avec un sourire. Mais disons qu'on l'a un peu aidé.

J'avais les yeux tout écarquillés, mais Mac a levé la main pour me signifier de ne plus poser de questions.

J'ai approuvé de la tête, puis je me suis calé dans mon siège. Dehors, les boisés des fermes, resplendissants d'ors et d'orangés, laissaient peu à peu la place aux petites villes de la périphérie de Toronto. Je me rappelais les dernières paroles du major : « Nous sommes en guerre, et les choses sont un peu différentes. »

C'est bien vrai, me suis-je dit. C'est bien vrai.

CHAPITRE 3

À BORD DE L'*EMPRESS*
10 novembre 1940

Mac était assis sur son hamac, les jambes de côté et des cartes à jouer dans les mains, quand le bateau s'est soudainement mis à rouler. Dans la petite cabine enfumée, tous les hamacs ont commencé à se balancer. Le jeu de cartes s'est quand même poursuivi.

– Difficile de croire que ce vieux rafiot a reçu le roi et la reine à son bord, l'an dernier, ai-je fait remarquer aux autres quand le roulis a cessé.

Les joueurs de cartes m'ont ignoré. Puis Murphy, qui ne jouait pas, est descendu de son hamac.

– Je vais faire comme le roi : m'asseoir sur le trône, nous a-t-il annoncé en ouvrant la porte de la cabine.

— Moi, je ne suis pas sur le trône, mais j'ai une quinte royale! Oui monsieur! a dit Mac avec un grand sourire, en abaissant son jeu dans un grand geste.

Les autres ont grogné en voyant les cartes gagnantes de Mac. Au même moment, le bateau s'est remis à rouler et a envoyé voler dans tous les sens les cartes, l'argent et les paquets de cigarettes.

L'*Empress of Australia* naviguait en zigzags dans l'Atlantique Nord afin d'éviter les sous-marins allemands. Il avait perdu tous ses attraits de paquebot de grande ligne : les lambris, les fauteuils moelleux et les somptueux tapis avaient été retirés avant notre embarquement à Halifax. Il avait été repeint en gris et ne ressemblait plus du tout à l'élégant paquebot qui avait emmené au Canada le roi George VI et la reine Elizabeth lors de leur tournée royale de 1939.

Sur les ponts supérieurs, des canons anti-aériens pointaient vers le ciel. Un navire avec plus de quatre mille hommes entassés à son bord représentait une cible très intéressante. Quand on nous a assigné nos petites cabines en bas, sur le pont D, j'ai tout de suite pensé que, si une torpille lancée par un U-boot allemand nous touchait, nous serions faits comme des rats. Mais il y avait aussi des avantages. Par exemple, quand il y avait eu du gros temps lors de notre premier jour en mer, ceux qui étaient logés au fond du bateau étaient atteints plus légèrement du mal de mer que ceux des ponts supérieurs. L'ancienne salle à dîner somptueuse du pont A était remplie de centaines de hamacs, et presque tout le monde avait la nausée et vomissait. Rien qu'à l'odeur, on avait l'estomac qui se retournait.

Au bout de trois jours, le temps s'était calmé et nous avions repris notre routine militaire. Tous les jours, nous commencions par des exercises au grand air. Notre horaire de la journée était rempli d'inspections, de montages et démontages de nos armes et d'exercices militaires. Les autorités tenaient à nous garder en forme pour le combat. Toutefois, les officiers étaient plus indulgents que d'habitude et, heureusement, pas de Kewley à bord. En plus de notre peloton du Royal Regiment, il y avait des hommes de l'Essex Scottish de Windsor, en Ontario, ceux du South Saskatchewan et les Fusiliers Mont-Royal, de Montréal. Nous serions cantonnés tous ensemble en Angleterre, en tant que membres de la 2e Division canadienne. Je me suis risqué à m'adresser à quelques gars des Fusiliers dans mon français appris à l'école. En général, on me répondait en anglais.

La cabine de Mac, sur le pont D, était le point de ralliement préféré des Royal. Mac était le gars le plus populaire du peloton. Je ne jouais pas aux cartes et je ne fumais pas. Alors, quand je passais le voir, j'avais parfois l'impression d'être comme son petit frère qui venait l'embêter. J'étais bien content que personne ne fume dans la cabine que je partageais avec cinq autres gars, dont Pullio. Le souvenir de l'haleine de fumeur de Kewley était suffisant pour me dégoûter à tout jamais de la cigarette : une des rares choses pour lesquelles je lui devais des remerciements.

J'avais découvert que le mieux quand il y avait du roulis, c'était de rester étendu dans mon hamac. J'aimais beaucoup y passer mes temps libres à lire les livres de poche que j'avais achetés d'occasion pendant ma dernière permission à la maison. J'avais même trouvé un vieux guide touristique sur Londres et j'y marquais les endroits que je voulais visiter. J'espérais que les bombes d'Hitler ne détruiraient pas l'abbaye de Westminster ou la tour de Londres avant que j'aie eu la chance de les voir.

Le matin du sixième jour en mer, j'ai regardé par notre petit hublot et j'ai aperçu la terre ferme au loin. Durant les exercises physiques sur le pont, des collines vertes coiffées de gros nuages gris se sont peu à peu dessinées à l'horizon. La proue du navire pointait vers ce qui semblait être l'embouchure d'un grand fleuve. Puis j'ai aperçu les bâtiments de pierre grise et l'aiguille de l'église d'une petite ville portuaire. Elle me rappelait Largs, où nous avions passé des jours de congé quand j'étais petit. En été, on pouvait monter à bord d'un bateau à vapeur à Glasgow pour descendre le cours de la rivière Clyde.

– Ces collines me rappellent l'Écosse, ai-je dit à Mac, après les exercices. Nous remontons peut-être la Clyde.

– Tu crois? a-t-il demandé. Je vais aller me renseigner.

Il est parti. Il a parlé avec un des hommes de l'équipage : Mac semblait connaître tout le monde, à bord. Puis il est revenu.

– C'est bien ça : c'est la Clyde, a-t-il dit. Nous devons accoster dans un endroit qui s'appelle Gourock.

– Oui : Gourock! me suis-je écrié. C'est près de Greenock, un peu en aval de Glasgow, sur la Clyde.

– Eh bien, Allie! a dit Mac en m'entourant l'épaule de son bras. Les deux Écossais sont revenus chez eux!

– Aye, aye! me suis-je exclamé, tout excité. (Aye est la manière de dire « oui » en anglo-écossais.)

J'avais hâte d'écrire à ma mère pour lui raconter que j'étais revenu en Écosse.

Tandis que nous descendions la passerelle à Gourock, des femmes de la ville nous attendaient avec du thé bien chaud et des sandwichs. J'ai mentionné à quelques-unes d'entre elles que j'étais né à Glasgow et que j'y avais grandi.

– Tu parles comme un vrai Canadien maintenant, mon p'tit gars, m'a dit l'une d'elles. Tu as perdu ton accent d'ici.

Ensuite, nous avons marché au pas jusqu'à la gare et nous avons pris le train pour Glasgow. De là, nous en avons pris un autre vers le sud. Les gens nous regardaient passer depuis les fenêtres de leurs maisons et nous saluaient en agitant à bout de bras des taies d'oreiller blanches. C'était une grise journée de novembre, mais la campagne écossaise était toute verdoyante. Mac n'arrêtait pas de montrer du doigt tous les vestiges de châteaux. Tout à coup, il était devenu fier d'être écossais.

Nous sommes arrivés à Aldershot au petit matin, puis on nous a fait défiler silencieusement à travers la ville, jusque devant d'énormes baraquements de briques rouges où pouvait loger une compagnie entière.

Baraquements de Mandora
Aldershot, Angleterre
15 novembre 1940

Chère maman,

Juste un petit mot pour te dire que nous sommes maintenant à Aldershot, en Angleterre, après avoir voyagé en train depuis l'Écosse. Nous sommes passés en bateau devant Largs, où nous allions souvent passer nos jours de congé! Aldershot est un gros camp militaire qui remonte à l'époque de la reine Victoria. Les baraquements sont à peine chauffés, et nous gelons! Chaque matin pour l'inspection, nous devons plier notre couverture d'une façon particulière sur notre couchette, avec une deuxième couverture enroulée autour. Dessus, nous devons déposer nos bottes, semelles vers le haut afin qu'on puisse vérifier que les fers sont propres et bien astiqués. L'armée a vraiment de drôles de façons de faire ici!

Nous sommes à moins d'une heure de train de Londres. J'ai hâte d'aller en visiter les monuments, quand nous aurons une permission. Ne t'inquiète pas : je n'irai pas à Londres si la ville se fait bombarder! J'espère pouvoir me rendre à Glasgow aussi, quand j'obtiendrai un sauf-conduit d'une semaine. Je vais écrire à tante Lily pour qu'elle prévienne la parenté de ma visite. Si tu rencontres la mère de Mac, peux-tu lui dire qu'il va bien? (Je crois qu'il n'est pas du genre à écrire très souvent.)

Avec toute mon affection, à toi, Elspeth et Doreen. Dis à Elspeth que je ne lui ai pas encore trouvé un amoureux. Elle ne voudrait sûrement pas d'un Anglais : ils ont tous les dents affreusement gâtées!

Je vous embrasse bien fort.
Alistair

CHAPITRE 4

LONDRES, LA FIÈRE
28 novembre 1940

– Vite, Allie! Cours! Tu vas l'attraper! Cours, vite, vite, vite!

Mac me faisait signe par la fenêtre du train, tandis que je courais à toute vitesse sur le quai. Le chef de train a sifflé, et le train s'est mis en branle. J'ai couru encore plus vite. Quand j'ai finalement été à la hauteur de Mac, il a ouvert la portière et m'a tiré à l'intérieur. Je me suis écrasé sur un siège à côté de lui, à bout de souffle. Murphy a attrapé mon bagage et l'a placé dans le filet du porte-bagages, au-dessus de nos têtes.

– Fartley m'a retenu jusqu'à la dernière minute, ai-je réussi à dire, tout essoufflé.

C'était le surnom que nous avions donné au sergent Hartley. Il n'était pas méchant, juste trop pointilleux sur la discipline. Ce n'était pas sa faute si je m'étais présenté tout de travers à l'inspection, ce matin-là. La veille au soir, j'étais resté éveillé avec une lampe de poche et j'avais feuilleté mon guide sur Londres pour choisir les endroits que je voulais absolument visiter. J'avais eu du mal à me réveiller et je n'avais pas plié mes couvertures à la perfection. Et mes bottes auraient pu être mieux astiquées.

– Sergent! Veillez à ce que cet homme fasse des corvées supplémentaires, avait déclaré le lieutenant Whitman durant l'inspection, après le déjeuner.

Whitman venait de Toronto, mais il avait étudié à l'université de Cambridge où il s'etait mis à parler avec un accent britannique bizarre. Nous l'avions donc surnommé Twitman.

Des corvées supplémentaires pour notre première permission de deux jours! J'étais un bel imbécile! Le sergent Hartley m'avait envoyé astiquer les poignées de porte en cuivre des baraquements. Mac et Murphy s'impatientaient à devoir m'attendre. Alors je leur avais dit que je les rejoindrais à la gare pour le train de 10 h 15.

Après leur départ, Fartley m'avait annoncé que je devais aussi nettoyer les cendres des foyers à charbon qui chauffaient de peine et de misère nos baraquements. Il m'avait fallu presque une heure, et j'étais tout sale. Quand j'avais finalement reçu mon congé, j'avais dû me laver, puis traverser la ville en courant comme un fou jusqu'à la gare.

Une fois assis, ma respiration s'est calmée. Le train prenait de la vitesse. On pouvait voir à l'intérieur des maisons et des appartements qui étaient près de la voie ferrée. Certaines fenêtres étaient encore couvertes de leur rideau anti-bombardement. Toutes les maisons de Grande-Bretagne devaient être équipées de longs rideaux noirs afin de bloquer les éclairages qui pourraient aider la Luftwaffe à repérer des cibles à bombarder durant ses vols de nuit. Depuis le début du blitz d'Hitler en septembre, des bombes avaient été lâchées sur Londres presque tous les soirs. Aldershot était à seulement 65 kilomètres de Londres. Nous entendions parfois, au loin, le bruit des bombes qui éclataient et celui des canons anti-bombes qui ripostaient.

Quand le train s'est approché du centre de Londres, nous avons vu les dommages causés par les bombes. Les immeubles à appartements éventrés, avec les papiers peints à motifs fleuris et les cadres encore accrochés aux murs, donnaient le frisson. Soudain, le train est entré dans un long tunnel tout noir et, l'instant d'après, nous étions arrêtés en gare de Waterloo. Nous sommes sortis du train en nous bousculant et nous nous sommes frayé un passage à travers la foule qui remplissait le grand hall, jusqu'à la sortie principale.

— On pourrait marcher jusqu'à Trafalgar Square, ai-je dit. Ce n'est pas loin d'ici.

En nous aidant de la carte de mon guide touristique, nous avons traversé un pont qui enjambait la Tamise. J'ai montré du doigt l'édifice du Parlement qui se trouvait en aval. Quand nous sommes arrivés à Trafalgar Square, un rayon de soleil avait réussi à percer les gros nuages de novembre, et la place était remplie de pigeons! Nous nous sommes aussitôt retrouvés à poser pour des photographes, avec des pigeons perchés sur nos bras, comme de vrais touristes! Tant pis, me suis-je dit. Je pourrai toujours envoyer cette photo à ma mère et mes sœurs. Ensuite, j'ai proposé que nous grimpions les marches de la National Gallery, qui donnait sur la place. Depuis le portique, nous avions une vue magnifique de la colonne Nelson, un gros monument de granit coiffé par la statue de l'amiral Nelson. Ce grand vainqueur de Napoléon en combat naval dominait la ville qui, encore une fois, était en guerre. Dans le ciel derrière lui, de grands ballons en forme de cigare formaient un barrage contre les vols à basse altitude de l'ennemi. À la base du monument, on avait peint les mots *Buy National War Bonds*, (« Achetez les obligations de guerre britanniques ») et les célèbres fontaines de la place étaient fermées. Pourtant, pour les trois jeunes hommes issus des colonies que nous étions, c'était le plus bel endroit du monde. Nous étions au cœur même de l'Empire britannique, au centre du monde. Du moins, nous en avions l'impression. Nous sommes restés sans rien dire pendant quelques minutes.

– Piccadilly! Allons voir Piccadilly Circus, s'est exclamé Murphy, rompant le silence. C'est là que les filles sont censées être.

– On peut toujours y aller plus tard, Murphy, ai-je dit. Allons plutôt voir le palais de Buckingham.

Murphy nous a suivis à regret à travers Trafalgar Square, puis sous l'arche de l'Amirauté au bout d'un grand boulevard appelé The Mall. Je me rappelais avoir vu dans les journaux des photos de la foule qui bordait cette majestueuse avenue, pour regarder passer le roi et la reine dans leur carrosse doré, lors du défilé de couronnement en mai 1937. Ma mère nous avait emmenés voir un film sur cet événement au cinéma. (« La reine est écossaise, tu sais », m'avait-elle répété des dizaines de fois.) Difficile de croire qu'un avion allemand avait récemment survolé le Mall et bombardé le palais de Buckingham, détruisant sa chapelle.

En approchant du palais, nous avons vu l'énorme statue de la reine Victoria qui se dressait devant. J'ai pointé du doigt le drapeau royal qui claquait au vent tout en haut du mat, signe que le roi résidait au palais. Le roi et la reine avaient décidé de rester à Londres malgré les bombardements, ce qui leur avait valu l'affection et le respect des Londoniens. Des poches de sable entouraient les grilles en fer forgé du palais, et il y avait beaucoup de jeeps et de soldats dans les alentours. Nous avons regardé le palais à travers les barreaux de la clôture, et je leur ai désigné le balcon d'où la famille royale venait saluer la foule de la main.

— Je ne crois pas que nous soyons invités à prendre le thé, a maugréé Murphy au bout d'un moment. Est-ce que Piccadilly est loin d'ici?

— Les pubs sont fermés à l'heure qu'il est, Murphy, lui ai-je répondu, avec un brin d'impatience. Nous pouvons toujours y aller plus tard. Ta mère serait déçue d'apprendre que tu es venu ici sans voir Big Ben!

Mac m'a emboîté le pas, et Murphy nous a suivis. Nous avons pris la rue Birdcage Walk (« Promenade des volières »), qui longe le très chic parc St. James. À travers les branches des arbres, nous apercevions Big Ben et les flèches du Parlement. Quand nous sommes arrivés près du Parlement, nous avons vu que les bâtiments étaient entourés de hautes piles de poches de sable surmontées de fils de fer barbelés. L'édifice nous semblait impressionnant, malgré tout. Nous sommes restés un moment pour entendre le carillon de Big Ben. Il sonnait exactement comme avant les nouvelles du soir, sur Radio-Canada. Les Allemands avaient essayé de bombarder Big Ben et la tour avait été un peu ébranlée, mais son énorme horloge continuait de donner l'heure juste.

Nous nous sommes ensuite dirigés vers la vieille abbaye de Westminster, juste à côté. Elle aussi avait été récemment bombardée, mais heureusement seule la cour avait été endommagée. J'ai cherché sur les murs les plaques commémoratives de quelques grands personnages et je me suis mis à les lire. J'ai vite senti que Mac et Murphy en avaient assez. Murphy semblait dire : « Mais qu'est-ce que je fais dans cette vieille église? » Je les ai dirigés vers la chapelle qui abrite le tombeau de la reine Elizabeth 1re. Mais même la statue de marbre couchée de cette grande reine de la famille des Tudor, tenant son globe et son sceptre dans ses mains, ne les impressionnait pas.

– Bon! Le trône du couronnement… ai-je commencé à dire.

– Euh! Allie, m'a interrompu Mac. Murphy et moi, on se disait justement que…

– OK, ai-je répondu. Je sais que vous en avez assez. D'ailleurs, je peux toujours revenir…

– Non, non! a dit Mac. Tu restes ici. Tu aimes ces trucs-là. Tu nous rejoindras plus tard. Ce soir, on veut aller au palais Hammersmith. On pourrait se retrouver là-bas.

– Oh! Bien sûr! Excellent! ai-je répondu tandis qu'ils se dirigeaient à toute allure vers la sortie.

Le palais Hammersmith était une grande salle de danse dont parlaient tous les soldats. Je pensais m'y rendre par le Tube, comme on appelle le métro de Londres. J'avais le sentiment que Mac et Murphy venaient de me laisser tomber. Puis je me suis dit que c'était peut-être mieux ainsi, après tout. Je pouvais maintenant explorer Londres à ma guise.

J'ai demandé à un gardien où se trouvait le trône du couronnement.

– Impossible de le voir, mon garçon! m'a-t-il répondu. On l'a enlevé pour le mettre en sécurité. À cause des bombes, tu sais. Pas question de le laisser emporter par les Boches!

L'idée que le trône sur lequel avaient été couronnés tous les monarques anglais depuis plus de six cents ans pouvait être détruit ou emmené en Allemagne après une invasion était outrageante, même pour un Écossais comme moi. Sous le siège du trône du couronnement se trouvait la fameuse pierre du Destin sur laquelle les anciens rois d'Écosse se faisaient jadis couronner. Le roi Édouard 1er avait apporté cette pierre en

Angleterre en 1297, pour montrer qu'il avait vaincu les Écossais. Les Écossais lui en voulaient depuis. Je me rappelle mon père qui me lisait des textes racontant l'histoire de William Wallace, Robert Bruce et tous les grands rois d'Écosse. Depuis toujours, je voulais toucher cette pierre légendaire, en souvenir de mon père. Mon amour de l'histoire me venait peut-être de lui.

Tant pis! Il me restait toujours la Tour de Londres à voir.

* * *

– Si tu es venu pour voir les bijoux, le Canadien, ils ne sont pas là, m'a averti un jeune soldat à l'air sympathique et à l'accent cockney prononcé.

– Pardon? ai-je demandé, car j'avais du mal à le comprendre.

– Les joyaux de la Couronne, ils ne sont pas là. Je crois qu'ils sont chez vous. En tout cas, c'est ce qu'on raconte, m'a-t-il répondu en pointant du menton le mot Canada, sur un écusson cousu à ma manche.

Les fameux bijoux de la Couronne britannique avaient donc été retirés de la Tour de Londres afin de les protéger contre Hitler. Avaient-ils vraiment été emportés au Canada? Je me posais la question. En clair, les Britanniques croyaient vraiment que les nazis étaient sur le point de les envahir.

– Oh! OK, ai-je dit au soldat. Est-ce que je peux quand même visiter la Tour?

– Pas question d'entrer. Mais viens par ici, je vais te faire visiter l'extérieur. J'ai droit à une pause, m'a-t-il dit en ouvrant la grande porte de bois.

Alfred, comme il s'appelait, m'a raconté qu'il était avec le régiment des Royal Fusiliers, cantonné aux baraquements de Waterloo attenants à la Tour. En quelques minutes, nous nous sommes retrouvés à l'intérieur du mur d'enceinte, devant un gros donjon de pierres coiffé de quatre tourelles.

– La Tour blanche, a dit Alfred. Des tas de personnages célèbres y ont été emprisonnés.

J'ai levé les yeux pour regarder les minuscules fenêtres, en me disant qu'Anne Boleyn y avait jeté un dernier regard avant de se faire décapiter, un matin du mois de mai 1536. Comme s'il avait lu dans mes pensées, Alfred a dit, en montrant du doigt les créneaux : « On raconte que le fantôme d'Anne Boleyn se promène parfois là-haut, la nuit. Je peux te montrer l'endroit où elle a été décapitée, si tu veux ».

Nous avons marché jusqu'à la pelouse de Tower Green, où tant de personnes sont mortes sur l'échafaud. Un gros corbeau noir était perché sur un poteau. Alfred m'a dit qu'il s'appelait Grip et que c'était le dernier des fameux corbeaux qui avaient toujours vécu à la Tour. Les autres étaient tous morts depuis le début des bombardements.

– On doit prendre bien soin de ce bon vieux Grip, a dit Alfred. Les gens croient que, tant qu'il y aura des corbeaux à la Tour, l'Angleterre sera à l'abri d'une invasion.

– Sapristi! J'espère qu'Hitler n'est pas au courant que c'est le dernier corbeau, ai-je plaisanté.

Alfred n'a pas eu l'air de trouver ça drôle du tout.

– Maudits Allemands! On pourrait bien avoir leur visite ce soir, avec le temps qui se dégage, a-t-il dit en regardant le soleil qui descendait à l'horizon.

Au retour nous avons longé la Tamise, et j'ai pu voir la porte des Traîtres, l'entrée crainte pendant si longtemps par les prisonniers arrivant par bateau. Je pensais à la jeune princesse Elizabeth, emmenée là sur les ordres de sa sœur, la reine Marie, surnommée « Bloody Mary ». Elizabeth s'était crue condamnée au même sort que sa mère, Anne Boleyn. Au lieu de cela, elle avait été relâchée au bout de huit semaines, puis proclamée reine quand Marie était morte, quatre ans plus tard. J'ai repensé à la statue de marbre d'Elizabeth 1re, que je venais de voir à l'abbaye de

Westminster quelques heures plus tôt.

* * *

Après avoir remercié et salué Alfred, j'ai traversé la Tamise en prenant le Tower Bridge, qui ressemble à un château, et de là j'ai admiré un magnifique coucher de soleil. De l'autre côté du fleuve, dans un café d'ouvriers, j'ai mangé du pain grillé garni de haricots et une tarte à la confiture avec du thé. (Les Canadiens se plaignaient souvent de la cuisine anglaise, mais pas moi. Elle me rappelait la cuisine de ma mère.)

Après ce souper, j'ai retraversé la Tamise par le pont de Londres, tout en chantonnant la fameuse comptine : *London Bridge is falling down, falling down, falling down*! Je me suis demandé si elle était connue en Allemagne et si la Luftwaffe avait pour plan d'en faire une réalité.

Je m'étais d'abord dit que j'allais prendre le métro pour rejoindre Mac et Murphy à la salle de danse Hammersmith. Mais quand les sirènes se sont mises à hurler, je me suis dit que le métro ne circulerait pas, car les stations servaient d'abris pendant les attaques aériennes.

Les gens ont commencé à se diriger vers une bouche du métro.

– Vite, le Canadien! m'a crié une femme coiffée d'un fichu. Tu ferais mieux de te dépêcher et de descendre dans l'abri.

Je l'ai suivie jusqu'à la bouche de métro et je me suis joint aux autres qui descendaient les escaliers. Sur le mur était affiché : « *Votre courage, votre confiance, votre détermination nous APPORTERONT LA VICTOIRE* ».

Le message ne semblait pas nécessaire, dans cette station. Tout le long du quai, les gens étaient assis ou étendus sur des couvertures, l'air de bonne humeur et bavardant ensemble comme s'ils s'étaient trouvés dans un local servant à des réunions amicales entre voisins. À un bout du quai, deux jeunes garçons jouaient de l'harmonica, et des gens les accompagnaient en chantant ou en battant la mesure avec leurs mains.

Je me suis arrêté près d'un pilier et je me suis assis à proximité d'une femme aux cheveux ramenés vers l'arrière par un bandeau. Trois jeunes enfants étaient allongés à côté d'elle, sous une couverture.

– Tout le monde a l'air bien calme, ici, lui ai-je dit.

– C'est l'habitude, m'a-t-elle répondu. Depuis que ces satanées attaques ont commencé, on se retrouve ici tous les soirs, on dirait. L'an dernier, les enfants de la ville ont été évacués à la campagne. Mais ils s'ennuyaient de leurs mères, et ils nous manquaient aussi. Alors ils les ont ramenés et là, Hitler a commencé son sale massacre. Au moins, on n'a pas encore été tués par une bombe. Pas comme d'autres, moins chanceux.

Elle m'a offert un biscuit avec du thé gardé au chaud dans une bouteille thermos. J'ai accepté avec plaisir. En bavardant avec elle, j'ai appris que son mari était dans la marine royale. Elle ne lui avait pas dit que leurs enfants étaient revenus auprès d'elle à Londres. Elle ne voulait pas qu'il s'inquiète.

– Il a déjà bien assez de soucis comme ça, avec les sous-marins et tout le reste.

Je lui ai raconté qu'en venant d'Halifax, le mois dernier, nous n'avions vu aucun mouvement des sous-marins allemands U-boots. Elle m'a répondu que son mari était allé plus d'une fois à Halifax. Son destroyer faisait partie d'un convoi chargé de protéger les navires qui transportaient des approvisionnements vers la Grande-Bretagne, dans l'Atlantique Nord. Quand je lui ai dit que je venais du Canada, une vieille dame installée tout près a décidé de se joindre à notre conversation. Elle avait un cousin à Winnipeg. Son nom de famille était Smedley. Peut-être que je le connaissais? J'ai souri et je lui ai expliqué que Winnipeg était très loin de Toronto. Tous les Anglais semblaient avoir de la famille au Canada.

Au bout du quai, les joueurs d'harmonica étaient maintenant entourés de pas mal de gens, et des bribes de vieilles chansons traditionnelles arrivaient jusqu'à nous. Je me suis alors dit que, si Hitler pensait vraiment que les bombardements allaient saper le moral des Anglais, il se trompait lourdement!

Soudain les sirènes se sont remises à hurler, suivies de bruits d'explosion. La musique s'est arrêtée. Une bombe était probablement tombée tout près, car le quai tremblait. Ma voisine avec le bandeau sur la tête a serré ses enfants contre elle. La vieille dame a dit : « Ils doivent viser Saint-Paul, une fois de plus. »

Je savais que la cathédrale Saint-Paul avait souvent été attaquée par la Luftwaffe. Elle avait été un peu endommagée, mais son grand dôme blanc était toujours là, comme un symbole de la résistance des Londoniens. Je l'avais aperçu en traversant le pont de Londres, alors je savais que ce n'était pas très loin.

Soudain je me suis demandé si je n'aurais pas dû être dehors, à donner un coup de main. On ne nous avait pas dit quoi faire en cas de bombardement. Mais j'étais un soldat. Si Mac avait été là, il aurait sûrement voulu faire quelque chose.

Je me suis levé et je me suis dirigé vers l'escalier, mais la femme avec le bandeau m'a crié : « Tu ne peux pas sortir, le Canadien! Ils n'ont pas encore annoncé la fin de l'alerte. »

Je me suis retourné, lui ai fait un petit salut militaire, et j'ai grimpé les escaliers quatre à quatre.

Dans la rue, il faisait noir comme dans un poêle à charbon. Ça sentait le gaz et la fumée des incendies. Au-dessus de ma tête je pouvais voir les faisceaux lumineux des projecteurs anti-aériens qui balayaient le ciel et éclairaient le barrage de ballons. Puis sur les toits, j'ai vu des flammes et d'énormes colonnes de fumée qui s'élevaient dans le ciel. Je me suis dirigé vers le lieu de l'incendie. Plus j'approchais, plus la fumée était épaisse. Des flammèches et des cendres me frôlaient le visage. En tournant au coin d'une rue, j'ai vu que toute une rangée de commerces était en flammes. Dans la rue, un autobus à deux étages était déjà tout carbonisé. J'espérais qu'il était vide quand il avait été touché. Les pompiers étaient déjà sur place, l'eau de leurs lances éclairée par la lueur de l'incendie. Mais un seul camion de pompiers, ce n'était pas suffisant pour combattre le feu qui faisait rage.

Puis j'ai aperçu un vieux monsieur qui portait

un écusson de préposé à la défense passive sur son pardessus. Il portait un casque d'acier et passait des seaux d'eau à des jeunes. Je me suis approché et j'ai demandé si je pouvais leur donner un coup de main.

– Tu peux nous aider à faire circuler les seaux, si tu veux, m'a-t-il dit en m'en tendant un.

Au début, les jeunes couraient vers la Tamise et en rapportaient des seaux plein d'eau, qu'ils devaient porter sur plusieurs mètres. Mais très vite des gens se sont joints à nous, et une chaîne complète s'est formée. Ça semblait insensé, combattre un énorme incendie avec des seaux, mais au moins nous faisions quelque chose. Un autre camion de pompiers est arrivé au moment même où un grand toit s'est effondré, provoquant un énorme nuage de flammes et de débris. Le préposé s'est mis à crier en nous faisant signe de reculer. Nous nous sommes retirés dans une zone où l'air était beaucoup plus respirable et, au bout d'un moment, la chaîne des seaux d'eau s'est reformée.

Un peu avant le lever du soleil, l'incendie s'est calmé et les pompiers ont commencé à arroser les poutres incandescentes, tombées à l'intérieur du carré des murs de pierre. Un camion est arrivé avec des citernes d'eau, et le préposé a fait passer à ses bénévoles de l'eau fraîche dans une écuelle. J'en ai bu avec plaisir, moi aussi.

Un coup de vent a soulevé des débris carbonisés qui jonchaient la rue. J'ai reconnu des pages imprimées.

– C'étaient des librairies, a dit le préposé. Elles étaient là depuis des centaines d'années.

J'ai écarté le tas de cendre du bout du pied et dessous, j'ai découvert des livres encore intacts. Je me suis penché et j'ai ramassé un volume relié en cuir, aux tranches encore dorées. C'était *Rob Roy*, de Sir Walter Scott, un des livres préférés de mon père. Je l'ai glissé dans la plus grande poche de ma veste.

Puis je me suis retourné et j'ai aperçu le grand dôme de la cathédrale Saint-Paul qui se dressait dans le ciel du petit matin. J'avais les poumons tout enfumés, le visage et l'uniforme couverts de suie. Je me sentais très calme et étrangement heureux.

Je savais que je venais de passer une nuit inoubliable.

CHAPITRE 5

LA CÔTE SUD

5 décembre 1940

Chère maman,

Je suis allé à Londres!
Ci-joint une photo de Mac et moi à Trafalgar
Square, tout couverts de pigeons, comme sur ta
photo de lune de miel avec papa. Même avec la
guerre, les photographes trouvent le moyen de
soutirer de l'argent aux touristes!
C'était très excitant de visiter des lieux aussi
célèbres que l'abbaye de Westminster et le palais de
Buckingham, même s'ils étaient entourés de poches
de sable. (La reine s'y trouvait, mais elle ne nous a
pas invités pour le thé…) Je n'ai pas pu entrer dans
la Tour de Londres, mais un jeune soldat anglais
sympathique m'a montré les extérieurs.
Londres « tient le coup », comme tu l'as sûrement
entendu dire à la radio. Les bombardements n'ont
fait que renforcer la détermination des Anglais. Et
malgré tout, Londres reste la plus belle ville que j'ai
vue de toute ma vie.
Je ne t'écrirai pas une longue lettre, car on va nous

envoyer quelque part en bateau. Même si je savais
où, je ne pourrais pas te le dire. La censure militaire
noircirait tout, si je l'écrivais.
Ne t'inquiète pas pour moi, les Boches ne sont
pas près d'envahir l'Angleterre, à mon avis.
Côté combats, tout ce que nous avons eu jusqu'à
maintenant ce sont des entraînements, des
entraînements et encore des entraînements.

Toute mon affection à Elspeth et Doreen.

Alistair

Je n'ai rien raconté du bombardement à ma mère. Elle en aurait été malade d'inquiétude. Et je n'en ai pas dit grand-chose à Mac et à Murphy. De toute façon, ils ne parlaient que des filles qu'ils avaient rencontrées au palais Hammersmith. (Mac, je le savais, dansait très bien le swing, style jitterbug, et apparemment, les filles avaient fait la queue pour danser avec lui.)

Le sergent Hartley n'a pas été impressionné par mes bottes et mon uniforme couverts de suie, ni par mes explications.

– Un petit combat un soir de permission, soldat Morrison? m'a-t-il dit quand je lui ai raconté le bombardement. Désolé, pas de médailles pour ça!

Ses sarcasmes m'ont enlevé toute envie de raconter à d'autres mon expérience des bombardements pendant très, très longtemps. J'ai lavé mon uniforme kaki noirci dans une baignoire, et je l'ai repassé en étendant le pantalon et la veste sous mon matelas. Ensuite, mon uniforme a senti la fumée pendant des mois. Heureusement, j'en avais un autre que je pouvais porter pour les inspections.

J'ai écrit cette lettre à ma mère dans un wagon bondé de soldats en route pour la côte sud de l'Angleterre. Finalement, notre destination était une ville appelée Lewes. (Une fois, un Anglais m'a entendu dire ce nom et m'a aussitôt repris : « Pas Lewis, mais Lewes! ») C'est situé à quelques kilomètres dans les terres, tout près de la célèbre station balnéaire de Brighton. Les vestiges d'une imposante forteresse de pierres, construite huit cents ans auparavant par Guillaume le Conquérant, domine Lewes. En contemplant ses hautes murailles, je me suis imaginé ses défenseurs en train de verser de l'huile bouillante sur leurs assaillants. Mais ce château ne serait d'aucune utilité contre les chars d'assaut et les bombardiers qui risquaient de nous attaquer à tout moment.

Notre bataillon a passé quatre mois à Lewes, « à attendre les Boches », comme on disait. Tout ce qu'on nous faisait faire, c'étaient des marches d'entraînement, encore et encore, avec de la mise en forme physique et des exercices de tir au fusil. Parfois, nous participions avec d'autres bataillons à des jeux militaires, appelés des « manœuvres ». Un jour, on devait jouer le rôle des Boches dans un semblant d'assaut contre la milice britannique, c'est-à-dire un groupe de civils agissant comme volontaires pour la défense du territoire. Ces Anglais, assez âgés pour la plupart et armés de carabines en bois et de manches à balais, prenaient leur rôle très au sérieux.

À Lewes, nous résidions dans le vieil hôtel de ville. Nous dormions sur de grands sacs de grosse toile, remplis de foin, qu'on appelle des paillasses. À Noël, la Croix-Rouge et des dames de la ville nous ont préparé le plus beau repas de Noël qu'elles pouvaient faire, compte tenu des rationnements. (Le rhum du plum-pouding semblait authentique, même s'il était peu probable qu'elles en aient mis.) Mais Hitler a décidé d'être encore plus dur, profitant de la période des Fêtes pour intensifier les bombardements. La Luftwaffe a bombardé Londres toutes les nuits avec une extrême intensité, jusqu'au Nouvel An, essayant encore de toucher la cathédrale Saint-Paul, mais j'ai entendu à la radio que son grand dôme blanc était toujours intact. Je me suis alors souvenu de la femme du gars de la marine et de ses trois enfants, que j'avais rencontrés dans la station de métro la nuit du bombardement, et j'ai souhaité qu'il ne leur soit rien arrivé. La nuit, nous entendions le grondement assourdissant des bombardiers de la Luftwaffe qui passaient sans cesse au-dessus de nos têtes. Parfois, au cours de nos marches d'entraînement, nous en apercevions un écrasé dans un champ. De temps en temps, nous tombions sur un Spitfire de la RAF, et nous espérions que le pilote avait pu sauter à temps.

Il n'a pas beaucoup neigé durant notre premier hiver passé en Angleterre, mais le crachin qui tombait tous les jours était si glacial que nous avions encore plus froid que durant l'hiver canadien. J'ai bien aimé voir apparaître les perce-neige et les crocus dans les jardins en janvier et en février, bien plus tôt qu'en Ontario.

En avril, nous avons été transférés à Winchelsea, une petite ville située sur la côte. Nous dormions dans des maisonnettes en bois donnant sur la plage et nous gelions quand les grands vents d'avril se mettaient à souffler sur la Manche. Durant les exercices journaliers, nous creusions d'étroites tranchées et nous pratiquions la pose de mines et le maniement de nos armes.

Nous faisions toujours nos interminables marches d'entraînement sur les routes de la côte. J'ai remarqué que Mac jetait des regards envieux aux soldats qui nous dépassaient en faisant pétarader leurs motocyclettes Norton, de fabrication anglaise et peintes en kaki. Un matin, après nos exercices au pas, le lieutenant Whitman a lancé un appel à tous.

– Que tous ceux qui savent conduire une motocyclette fassent un pas en avant.

Mac s'est aussitôt avancé d'un énorme pas pour se placer juste en dessous du nez de Twitman.

Qu'est-ce qui lui prend? me suis-je dit. Mac n'avait jamais rien conduit d'autre que sa bicyclette de livraison pour l'épicerie! Mac et deux ou trois autres volontaires sont partis à la suite de Twitman. Quand je l'ai revu au dîner, il était très excité.

– Je vais être agent de liaison, m'a-t-il annoncé en faisant semblant de tenir un guidon et en imitant le bruit du moteur d'une moto. Je vais porter des messages à Hastings, Brighton et un peu partout.

– Mac! ai-je dit à voix basse. Qu'est-ce qui va arriver quand on découvrira que tu ne sais pas conduire une moto?

– Comment ça? a-t-il protesté. Qui a dit que je ne savais pas conduire une moto? J'en suis parfaitement capable, Allie. Je sais conduire une moto!

Sur ce, il a saisi à deux mains son guidon imaginaire et il est parti sur les chapeaux de roue.

Je ne l'ai pas vu beaucoup durant les semaines qui ont suivi. Un jour, il est arrivé au camp, assis à califourchon sur une Norton et portant sa sacoche à documents en bandoulière. Notre peloton presque au grand complet l'a aussitôt entouré. Il faisait tourner son moteur, et tous les gars étaient jaloux. Puis il a fait un tour rapide dans le camp et il est reparti à toute vitesse en direction de la mer.

24 juin 1940

Chère maman,

Je t'écris rapidement pour te demander un petit service.
Mac est à l'hôpital. Il a eu un accident avec sa motocyclette, mais rien de grave. Il s'est cassé le poignet et peut-être une ou deux côtes aussi, alors il ne pourra pas écrire à sa famille pendant un petit bout de temps.
Pourrais-tu passer chez sa mère pour lui dire qu'il va bien et de ne pas s'inquiéter? Je viens tout juste de le voir. Il faisait des blagues au sujet de son

accident et disait qu'il sortirait de l'hôpital dans
deux ou trois jours.
Le temps s'est réchauffé ici : ça fait du bien, après
tant de pluie glaciale. Maintenant qu'Hitler
attaque la Russie, il semble que les Boches
n'envahiront pas l'Angleterre de sitôt. Je me
demande ce qu'on va faire de nous, les Canadiens.
Merci pour le colis avec les chaussettes, le livre
et le fudge au chocolat fait maison. (Mes amis,
gourmands comme moi, te remercient aussi!)

Avec toute mon affection.

Alistair

– Salut Mac, ai-je dit en le voyant dans son lit
d'hôpital. Même Lord Haw Haw est au courant de
ce qui t'est arrivé!

Mac m'a fait un sourire qui ressemblait plutôt à
une grimace, avec la moitié de son visage couvert
de bandages et son bras accroché à une poulie.

Lord Haw Haw était le surnom qu'on donnait
à un Anglais à l'accent snob qui faisait de la
propagande pro-allemande à la radio. Certains
de nos gars l'écoutaient juste pour entendre les
dernières rumeurs qu'il répandait. La veille au
soir, il avait déclaré que ce serait facile d'éliminer

l'armée canadienne. Il suffisait de donner une moto à chaque soldat canadien et de l'envoyer se promener, avait-il ironisé.

– C'est à cause de ces satanées Harley, avait dit Mac quand je lui ai rapporté ces paroles. J'aime bien mieux les Norton.

Les Américains avaient fourni à l'armée canadienne des motos Harley-Davidson neuves. Elles étaient puissantes, mais basses sur roues. Elles touchaient donc facilement le sol en terrain accidenté. Mac roulait à toute vapeur sur la route qui longe la mer et en plein dans une courbe, il s'était retrouvé nez à nez avec un convoi de camions. Il avait fait une embardée, perdu le contrôle de la Harley et revolé dans les airs. Il nous a raconté qu'on l'avait retrouvé presque au bord de la falaise. Ses blessures étaient un peu plus graves que ce que j'avais raconté dans ma lettre. Il avait un gros plâtre à une jambe. Il ne marcherait donc pas avant un bon bout de temps.

Mac avait prévu de se rendre en Écosse avec moi durant notre prochaine permission d'une semaine. J'ai pris le train pour Glasgow sans lui. Finalement, c'était mieux que je fasse ce voyage seul. Le souvenir que j'en garde est d'être resté assis dans des salons humides, devant des poêles à charbon (avec des chiens de porcelaine posés sur chacun d'eux), à boire sans fin des tasses de thé avec ma parenté.

Mac, s'il m'avait accompagné, se serait vite défilé pour aller se réfugier dans le premier pub venu. Même moi, j'ai finalement décidé de prendre congé et je suis parti à Édimbourg en train. Là-bas je suis monté jusqu'au château et j'ai marché dans les petites rues de la vieille ville. Je me sentais fier d'être Écossais.

En novembre, Mac a réintégré notre bataillon même s'il boitait encore un peu. Il n'était pas question qu'il reprenne ses fonctions d'agent de liaison. Quelques jours plus tard, on nous a fait monter dans des camions pour nous amener dans un vaste domaine de l'est du Sussex, appelé Oldlands Hall. Nous étions cantonnés dans une des ailes de l'énorme manoir. Son propriétaire, Sir Bernard Eckstein, vivait avec ses domestiques dans le corps de bâtiment principal. Sir Bernard était riche : il avait fait don d'un Spitfire à la Royal Air Force. C'était aussi un collectionneur d'œuvres d'art renommé : les jardins à la française d'Oldlands Hall étaient ornés de statues gréco-romaines entourées de haies bien taillées. J'étais ravi de me trouver dans un endroit si magnifique, et Mac a retrouvé un peu de son énergie et de sa bonne humeur pendant ce séjour.

Le lieutenant Whitman aimait bien discuter avec Sir Bernard, et nous les apercevions parfois en train de se promener ensemble dans les jardins. À tous les coups, Twitman avait son sourire de lèche-bottes accroché au visage et sa baguette militaire sous le bras. Un jour, après nos exercices au pas, il nous a servi ce sourire avant de nous annoncer qu'il « désirait nous entretenir quelques minutes au sujet du village ».

Le village voisin d'Oldlands Hall s'appelait Uckfield. Nous avons vite deviné ce que Twitman allait nous dire.

– Sir Bernard m'a demandé de vous rappeler que ce village s'appelle Uckfield, a-t-il dit. Uckfield, avec un U au début. S'il vous venait à l'idée d'ajouter une *certaine* consonne devant le U, (ce qui donne un mot anglais des plus vulgaires) nous vous prions instamment de ne pas le faire en présence des gens du village.

Nous avons tous éclaté de rire, car Twitman avait son air de « je peux bien rire avec mes gars de temps en temps ». Plus tard, j'ai moi-même fait rire tout le monde au pub, en leur servant une imitation de Twitman : « Soldats, nous vous prions instamment de… »

Nous avons passé une autre soirée mémorable au pub quand on a annoncé que les États-Unis étaient entrés en guerre avec l'Allemagne. Le 7 décembre 1941, les Japonais avaient attaqué la base navale américaine de Pearl Harbor, à Hawaii. Quand les Américains ont déclaré la guerre au Japon, l'Allemagne, en tant qu'alliée du Japon, a déclaré la guerre aux États-Unis.

— Les Yankees sont avec nous! nous sommes-nous réjouis en trinquant avec nos verres de bière anglaise servie tiède.

— Maintenant, ils vont y goûter! a fanfaronné Pullio.

Tout le monde disait que, maintenant que les Yankees étaient entrés en guerre, les Canadiens étaient assurés de voir enfin de l'action. Il y aurait bientôt une grande bataille, c'était certain. Contrairement à Mac et aux autres, qui désiraient un peu d'action, l'idée d'un vrai combat me terrorisait.

CHAPITRE 6

EN ENTRAÎNEMENT

19 mai 1942

— Quelque chose se prépare! nous a annoncé Turnbull, un gars de notre peloton. Basher est ici. Il paraît que nous allons partir en bateau.

Nous n'avions presque pas vu notre commandant, le lieutenant-colonel Hedley Basher, depuis qu'on nous avait envoyés sur la côte sud, plus d'un an auparavant. Je me le rappelais sur le terrain de manœuvres d'Aldershot, raide comme un piquet, avec à son côté son énorme saint-bernard Royal.

Il fallait quand même se méfier de ce que racontait Turnbull. Quelques semaines auparavant, il avait entendu dire, et c'était « sûr et certain », que les Canadiens allaient être envoyés pour combattre en Afrique du Nord. Ce n'est jamais arrivé. Nous avions appris à distinguer le vrai du faux, quand les nouvelles venaient de Turnbull. Cette fois-là, il avait dit vrai. Le matin, avant l'inspection, le lieutenant Whitman nous a dit de faire nos paquets et de nous présenter sur le terrain de manœuvres à 11 heures afin que notre commandant s'adresse à nous. (Turnbull a aussitôt pris son air de « je vous l'avais bien dit ».) Mac était absent pour l'inspection.

– Je constate que le soldat McAllister ne nous a pas honorés de sa présence ce matin, a dit Whitman d'un ton cassant. Dès qu'il arrivera, vous me l'enverrez.

Ce n'était pas la première fois que Mac s'absentait sans permission. Il avait maintenant une petite amie. Elle s'appelait Mavis, et il allait la voir dès qu'il le pouvait. D'habitude, Mac avait toujours plus d'une petite amie anglaise en même temps, sauf depuis qu'il avait rencontré Mavis à un bal. C'était juste après notre transfert en janvier, depuis Oldlands Hall vers un camp militaire situé dans la plaine de Salisbury, près du monument préhistorique de Stonehenge.

Après un mois à Salisbury, nous avons été transférés au sud, dans le camp de Witley, près de la ville de Horsham. Les fins de semaine de permission, Mac prenait le train à Horsham pour aller voir Mavis à Salisbury. Parfois il ne rentrait au camp que le lundi matin. Il s'était si souvent fait suspendre sa solde pour s'être absenté sans permission qu'il en était rendu presque au point de devoir de l'argent à l'armée. Ce matin-là, je me suis même dit qu'il pourrait ne pas se présenter à temps pour l'embarquement, et j'étais inquiet.

Pendant qu'on préparait nos sacs, Turnbull a lancé :

– Ça y est, les gars! Les Popovs souhaitent un second front, histoire de faire diversion. À notre tour de nous frotter à Hitler!

– Arrêtez vos salades, Turnbull! a aussitôt rétorqué le sergent Hartley. Nous n'allons pas faire sortir Hitler de Paris à coups de pied. En tout cas, pas tout de suite. Pour le moment, nous ferons simplement un entraînement spécial, en préparation à une démonstration pour le roi et la reine.

Nous avons tous rouspété, et Pullio a répondu :

– Ouah! J'espère que les deux princesses seront là aussi!

Je savais que bien des gens pensaient comme Turnbull. Lors d'une fin de semaine de permission passée à Londres, j'avais vu des manifestants à Trafalgar Square, qui brandissaient des bannières sur lesquelles il était inscrit : « Un second front, tout de suite » ou « Nous devons aider nos alliés russes ». Ils croyaient que la Grande-Bretagne devait attaquer la France occupée par les nazis afin d'aider les Russes, engagés dans des combats contre les Allemands qui les avaient envahis. Mais selon moi, Winston Churchill n'était pas assez fou pour aller assaillir à ce moment précis l'Europe d'Hitler. Du moins, je l'espérais.

À 11 heures, nous étions tous en rangs sur le terrain de manœuvres, et toujours aucun signe de Mac. Le lieutenant-colonel Basher s'est présenté avec les autres officiers (et avec un soldat qui tenait Royal en laisse) et nous a annoncé que le Royal Regiment s'embarquait pour aller se joindre à la 2e Division canadienne au grand complet et suivre un entraînement spécial au combat. Il a dit qu'il était sûr que nous ferions honneur à la réputation de notre régiment, et nous avons tous applaudi et lancé nos calots en l'air. Aussitôt après, nous avons démonté les tentes, puis nous avons transporté nos sacs jusqu'à côté d'un camion de l'armée qui était entré dans le camp. J'étais vraiment très inquiet pour Mac.

Quand presque tout notre peloton a été assis dans le camion, j'ai soudain aperçu Mac qui circulait entre les tentes.

– Hé! Mac! Mac, par ici! ai-je crié. Va voir le sergent. Nous partons!

Puis j'ai vu le sergent Hartley qui conduisait Mac au quartier des officiers, et mon cœur s'est serré.

Nous sommes restés assis à attendre pendant environ vingt minutes. Puis un sac a atterri dans le camion, suivi de Mac qui s'est assis à côté de moi. Nous avons tous applaudi et Mac, l'air parfaitement détendu, a dit : « J'aurais jamais voulu manquer ça! »

Tandis que nous roulions sur les routes de campagne, j'ai demandé à Mac ce qui s'était passé au quartier des officiers.

– Oh! Pas grand-chose, a-t-il répondu. Twitman a dit qu'il s'occuperait de moi plus tard et que je devais monter dans le camion avec mes affaires. Alors je suis là!

Et, avec un grand sourire, il m'a attrapé la tête et m'a frotté les cheveux avec son poing.

– Comment va Mavis? lui ai-je demandé.

Son visage s'est rembruni.

– Oh! Pas très bien. Elle dit qu'elle veut se marier avec moi, mais qu'elle ne quittera jamais l'Angleterre. Je l'aime beaucoup, mais pas assez pour devenir un Anglais, a-t-il répondu en haussant les épaules.

Au bout d'une heure environ, nous avons commencé à voir la mer, puis les abords de la ville de Portsmouth. Notre camion est entré dans le port. Il y avait là des centaines d'hommes en uniforme (un écusson les identifiait comme appartenant à la 2ᵉ Division), qui circulaient entre des jeeps, des chars Bren et des voitures de reconnaissance.

– Sapristi! s'est exclamé Mac. Ça va être toute une fête, ça m'a l'air!

Nous avons sauté du camion et avons récupéré nos sacs. Puis le sergent Hartley a levé la main et nous a emmenés rejoindre un autre groupe du Royal Regiment. On nous a fait former une longue file et on nous a dirigés vers un grand traversier. En grimpant la passerelle, j'ai demandé à un marin où on nous envoyait.

– À l'île de Wight, mon gars, a-t-il répondu. Vous avez tous droit à des petites vacances!

J'avais entendu parler de l'île de Wight, qui se trouve tout près des côtes anglaises. Je savais que c'était un endroit couru pour les vacances d'été, mais j'étais assez certain que notre entraînement au combat ressemblerait à tout sauf à des vacances. Pourtant, nous avions tous l'humeur aux vacances. Une fois descendus du bateau dans une ville appelée Fishbourne, nous sommes montés dans des camions et sommes passés par des petits villages très pittoresques, avec des maisons aux toits de chaume et des églises aux clochers carrés en pierre de taille. Un des gars s'est mis à chanter la chanson des Basher's Dashers, et nous nous sommes joints à lui. Puis le soleil a percé les nuages et a éclairé les collines ponctuées de fleurs printanières et de moutons en train de brouter.

J'ai compris pourquoi on disait que l'île de Wight était comme l'Angleterre en miniature. Avec seulement 37 km de long et 19 km de large, elle avait la forme d'une théière. Nous nous dirigions vers Freshwater, un petit village de la côte ouest, situé au bout du bec de la théière. Nous avons été cantonnés dans des petits chalets d'été d'où on avait une vue magnifique sur une belle anse sablonneuse, fermée de chaque côté par des falaises de craie blanches. Nous avons encore plus eu l'humeur aux vacances quand nous avons appris que le Royal Regiment était le premier arrivé sur l'île. Le vieux Basher avait si bien manœuvré, quand il avait reçu ses ordres, que nous avions même débarqué quelques heures avant le général Hamilton Roberts, qui commandait la 2e Division.

Le lendemain, les autres régiments ont commencé à débarquer. L'Essex Scottish campait dans une colonie de vacances située au bout de la route, et les gars du Royal Hamilton Light Infantry (surnommés « les Riley ») était cantonnés dans un petit village appelé Shorwell, à quelques kilomètres dans les terres. Turnbull nous a annoncé que le Calgary Tanks Regiment était en train de débarquer les chars d'assaut Churchill sur la plage qui avait été la plage privée de la reine

Victoria.

Cet après-midi-là, nous avons eu du temps libre alors j'ai fait une longue promenade au bord des falaises qui surplombaient la mer. Je suis tombé sur une grande croix de granit à la mémoire d'Alfred Lord Tennyson, le fameux poète de la cour à l'époque victorienne, qui avait habité dans les environs. L'endroit s'appelait Tennyson Down, en son honneur. Je me suis rappelé la vieille Mlle McRae, ma professeure d'anglais à l'école secondaire, lisant d'une voix chevrotante son poème intitulé « La charge de la brigade légère » :

Il n'y a pas de raison,
Il n'y a qu'à agir et mourir.

Cette charge de la cavalerie s'était produite plus de quatre-vingt-cinq ans auparavant et pourtant, agir sans raison semblait toujours être la façon de faire de l'armée britannique, selon moi. J'espérais simplement que la suite, « agir et mourir », ne s'appliquerait pas à notre époque.

Ce soir-là, on nous a avertis que l'île de Wight avait été fermée à tous les visiteurs et que notre courrier serait strictement censuré. Puis on nous a fait voir un film intitulé *The Next of Kin*, l'histoire d'un raid de commandos qui avait tourné au désastre à cause d'une indiscrétion. Les gars ont beaucoup sifflé l'actrice blonde et séduisante qui soutirait des secrets militaires à de jeunes soldats, pour les passer ensuite à l'ennemi. Mais il y a eu un grand silence dans la salle quand les commandos ont tous été abattus par les tirs de l'ennemi.

Le lendemain, un entraînement sérieux a commencé à six heures du matin. C'était un entraînement plus dur et plus intense que tout ce que nous avions connu. Tous les jours pendant douze heures, nous rampions dans des fossés et sautions par-dessus des obstacles. En hurlant, nous attaquions à la baïonnette des sacs remplis de sable et nous apprenions à escalader les falaises de craie avec des cordes et des échelles d'aluminium. Tous les jours, on nous imposait aussi une marche de vitesse absolument éreintante : 18 km au pas redoublé, en tenue de combat au grand complet, par temps très chaud. Et tous les jours, on augmentait la vitesse de nos cibles. Parfois, le vieux Basher passait en voiture et nous donnait des ordres.

La deuxième semaine, ils tiraient de vraies balles au-dessus de nos têtes pendant que nous rampions sous des rouleaux de barbelés : une méthode drastique pour nous apprendre à garder la tête baissée. Nous pratiquions le tir avec des armes automatiques, comme des Bren et des Tommy, et nous apprenions à tirer avec notre arme à la hanche, tout en courant. On nous a aussi donné un nouveau pistolet mitrailleur, un Sten, que tout le monde détestait. Nous l'avions surnommé « le cauchemar du plombier », parce qu'il ressemblait à un assemblage bizarre de tuyaux. Le Sten s'enrayait souvent et il partait tout seul si on le laissait tomber. Un jour, un lieutenant faisait passer une clôture à ses hommes. Il avait son Sten avec lui. Le coup est parti tout seul, et la balle s'est fichée dans son bras.

Nous avions aussi des entraînements aux tactiques de guérillas avec de vraies munitions, telles que des grenades que nous lancions comme des balles de baseball. Nous le faisions dans un village en ruine qui avait été bombardé durant une attaque aérienne par les Allemands. Au début du mois de juin, nous passions presque tout notre temps à pratiquer la prise d'assaut d'une plage. Les soldats montaient dans les péniches de débarquement, environ trente par péniche. Elles fonçaient ensuite vers la plage jusqu'à toucher le fond. Les passerelles s'ouvraient, et nous devions partir à l'attaque dans l'eau, en portant nos armes au-dessus de nos têtes. Parfois, nous avions de l'eau jusqu'au cou ou même par-dessus la tête.

Une fois j'ai vu Mac, qui ne savait pas nager, se débattre dans l'eau. Pourtant, l'instant d'après il était sur la plage, brandissant triomphalement son fusil au-dessus de sa tête.

Avec tous ces entraînements exigeants, Mac n'avait pas le temps de se morfondre au sujet de Mavis. Le soir, nous sortions souvent en groupe au pub de Freshwater, et Mac faisait déjà la cour à quelques filles du village. Sa blessure était complètement guérie, et il dansait comme un fou, comme d'habitude. Nous y rencontrions aussi des hommes de l'Essex Scottish et d'autres régiments canadiens, et une véritable camaraderie s'est développée entre nous à cause des entraînements que nous endurions ensemble. Nous ne savions pas dans quel but exactement nous nous entraînions, mais personne ne croyait à une démonstration pour le roi et la reine. Après plusieurs mois d'inaction, nous nous sentions fiers d'être redevenus des combattants.

Le matin du 11 juin, Turnbull a fait savoir à tout le monde qu'il avait entendu dire que « quelque chose d'important se préparait ». Comme de fait, cet après-midi-là les camions kaki de l'armée ont commencé à arriver près de nos petites maisons sur la plage, et on nous a emmenés à Cowes. Là, on nous a annoncé que la 2e Division au grand complet allait participer à un exercice de débarquement sur la côte anglaise. Son nom de code était « exercice Yukon ». Des navires chargés de péniches de débarquement attendaient dans le port, et on y embarquait en plus des chars d'assaut Churchill.

Une fois à bord, nous avons reçu nos ordres. Aux premières lueurs de l'aube, il y aurait une attaque simulée de chaque côté de la ville de Bridport, dans le Dorset, sur la côte sud-ouest de l'Angleterre. Ensuite, nous devions pénétrer dans les terres et nous emparer de cibles désignées.

À trois heures du matin, nous étions à quelques kilomètres au large de la côte du Dorset, sur une mer agitée. Un soldat au visage très jeune, que nous appelions tous Smiler, a eu le mal de mer et a vomi sur la jambe de Murphy. Murphy l'a injurié avant de vomir lui aussi, à cause de la puanteur.

Un peu avant l'aube, la mer s'était un peu calmée, et les péniches ont été mises à l'eau pour nous emmener à terre. Tandis que nous foncions vers la rive, nous distinguions à peine la plage de galets devant nous mais nous entendions le bruit des vagues qui s'y brisaient. Quand la passerelle a été abaissée, nous sommes partis à l'attaque, dans l'eau puis sur la plage, exactement comme nous l'avions pratiqué tant de fois. Mais il n'y avait aucun tir des soldats anglais censés «défendre » la côte en cas d'attaque. Nous nous sommes vite rendus maîtres des postes de tir au-dessus de la plage, en prenant les soldats anglais complètement par surprise. Ils avaient tous les mains en l'air, et Whitman s'est approché de leur sergent qui semblait totalement dépassé par les événements.

Ryerson, un autre de nos lieutenants, était penché sur une carte.

– On a débarqué au mauvais endroit! a-t-il crié à Whitman. Il devrait y avoir un clocher par là. Nous sommes à environ 3 km de notre cible!

Whitman a passé sa colère sur le pauvre sergent anglais qui restait planté là, les deux mains en l'air, ignorant tout de l'exercice Yukon.

– On aurait pu être des Allemands! lui a craché Whitman au visage. Et si ça avait été pour de *vrai*?

Le sergent a demandé à Whitman s'il allait le rapporter.

– Non! a répondu Whitman avec son meilleur accent britannique. Mais réveille-toi, mon gars. C'est ton pays!

– C'est ça, Twitman, m'a chuchoté Mac. Ils auraient dû être aux aguets et ils nous auraient *tiré* dessus!

Whitman s'est retourné brusquement, le visage tout rouge, et nous a hurlé : « Vite, les gars. Au pas redoublé. Nous avons encore le *temps* de nous rattraper! »

Nous sommes partis en direction de l'ouest et, environ vingt minutes plus tard, nous avons rejoint la plage où nous aurions dû débarquer. Nous n'étions pas les seuls à être en retard. Le South Saskatchewan Regiment et le Queen's Own Cameron Highlanders de Winnipeg avaient aussi débarqué au mauvais endroit. Et la grande péniche qui transportait le Calgary Tanks Regiment n'était pas encore arrivée à terre. L'exercice Yukon était un beau cafouillage, semblait-il. Par la suite, Turnbull nous a raconté que des généraux très importants nous observaient du haut des falaises et que Ham Roberts avait été plutôt embarrassé.

– Oh non! Le pauvre! Ça me fait tellement de peine pour lui, a ironisé Pullio.

Et nous avons tous bien ri.

– Mais c'est la marine britannique qui a cafouillé, a fait remarquer Mac. Ce sont eux qui nous ont débarqués au mauvais endroit.

Nous sommes retournés dans notre campement sur l'île de Wight. Les exercices au pas redoublé et les débarquements simulés sur la plage étaient terminés. Dix jours plus tard, on nous a annoncé qu'il y aurait un autre exercice de grandes manœuvres, qui s'appellerait Exercice Yukon II.

Le 22 juin, nous avons donc été emmenés une fois de plus en camion jusqu'à Cowes, embarqués sur les mêmes navires que la première fois et redirigés sur la même baie du Dorset. La mer était calme, alors personne n'a vomi, et l'équipage de la marine britannique nous a emmenés au bon endroit sur la côte. Nous avons débarqué juste avant l'aube sur la plage, la même que la fois précédente. Nous avons réussi à nous emparer des postes de tir, à entrer dans les terres et à ramener nos cibles dans Bridport. En revanche, on a appris que la péniche transportant l'Essex Scottish s'était égarée et que d'autres soldats avaient débarqué en retard, une fois de plus.

– Bravo, la Royal Navy! a ironisé Smiler.

– En tout cas, espérons que les gros bonnets sont contents, a dit Murphy au sujet des généraux qui, encore une fois, avaient observé les manœuvres du haut des falaises. De notre côté, nous avons été parfaits!

Nous avons retraversé vers Cowes sous un ciel dépourvu de nuages. Nous étions étendus sur les ponts et nous nous faisions chauffer au soleil, en camisole. Nous étions très contents. Nous nous sentions fiers de ce que nous étions capables de faire. J'ai repensé à ma dernière permission à la maison, après avoir quitté le camp de Borden,

quand j'avais entendu une voisine dire à ma mère :
« L'armée est en train de faire un homme de ton
Alistair! » À l'époque, je m'étais senti humilié,
mais là, je commençais à croire qu'elle disait vrai.

CHAPITRE 7

OPÉRATION RUTTER
2 juillet 1942

– Encore un exercice? Ils sont devenus fous! a grommelé Pullio. Combien de fois on va devoir recommencer?

– On n'a pas à poser de questions, ai-je répliqué tout en roulant mon sac de couchage sur le plancher de notre petite maison d'été.

On nous avait dit de faire nos bagages, car nous devions quitter Freshwater. J'étais désolé de dire adieu à un si bel endroit, au beau milieu de l'été.

Puis une fois encore les camions de l'armée sont arrivés au camp, et nous avons grimpé dedans avec nos sacs. Cette fois, nous avons roulé à peine quelques kilomètres jusqu'à Yarmouth, un petit port qui donne sur le Solent, ce bras de mer qui sépare Wight de l'Angleterre. Yarmouth était connu pour sa longue jetée construite à l'ère victorienne avec d'énormes billes de bois. Les camions sont montés dessus.

Des dizaines de navires militaires étaient à l'ancre dans le Solent. Ils attendaient les cinq mille soldats d'infanterie de la 2ᵉ Division, qui allaient participer à l'exercice Klondike, le nom de code de ce nouvel exercice. Deux grands traversiers nous attendaient. Les soldats du Royal Regiment qui se trouvaient dans les camions devant nous embarquaient sur le *Princess Josephine Charlotte*. On nous a dirigés vers l'autre traversier, le *Princess Astrid*. Une fois tout le monde à bord, le *Princess Astrid* a quitté le quai et est allé mouiller au large dans le Solent, à côté du *Princess Josephine Charlotte*. À 18 heures, nous nous sommes tous rassemblés dans l'entrepont où le lieutenant-colonel Basher et les autres officiers se tenaient debout devant une grande carte.

Une fois le silence revenu, Basher s'est avancé d'un pas.

– Soldats! a-t-il dit. Ceci n'est pas un exercice. Il n'y aura pas d'exercice Klondike. Le Royal Regiment of Canada va participer à l'opération Rutter. Avec les autres régiments de la 2e Division, nous allons porter un grand coup à la domination d'Hitler en Europe.

Les gars se sont alors déchaînés. Nous avons crié, nous nous sommes serrés dans les bras et nous avons lancé nos calots en l'air. Après tous ces exercices, toutes ces marches, tous ces entraînements à répondre aux ordres hurlés par un commandant ou un autre, c'était enfin pour de vrai! Basher a attendu patiemment le retour au calme, un demi-sourire éclairant son visage toujours si sérieux. Puis il a pointé de sa baguette la carte qui se trouvait derrière lui.

– L'opération Rutter est une mission de reconnaissance en force, et non pas une invasion. La cible est le port de Dieppe, sur la côte française, à une centaine de kilomètres de l'autre côté de la Manche. Nous débarquerons avant l'aube, nous nous emparerons des postes clés et de prisonniers ennemis, nous recueillerons des informations importantes, puis nous nous retirerons au bout de six heures tout au plus. Nous serons appuyés par l'aviation et la marine de guerre.

Nous avons applaudi, encore une fois. Ça semblait si facile! Des gars ont même murmuré que ça allait être du gâteau!

– Il y aura huit points d'attaque sur une étendue de 16 km de littoral, a dit le général Basher en les pointant sur la carte avec sa baguette. Le Royal Regiment, assisté des hommes du Black Watch, va débarquer ici, sur la plage du nom de code Bleue. Elle est à 1,5 km à l'est de Dieppe. Nous allons prendre l'ennemi par surprise, détruire quatre postes de tir anti-aérien et une batterie d'artillerie du nom de code Rommel. Nous sécuriserons ainsi le cap qui domine Dieppe à l'est et nous y prendrons position avant que commencent les débarquements sur les plages du centre de la ville. Demain, vous recevrez d'autres ordres de vos commandants.

Heureux, les gars se donnaient des grandes tapes dans le dos. Pour ma part, je n'étais pas convaincu que ce serait « du gâteau ». Tandis que je retournais là où j'avais déposé mon sac de couchage sur le pont, je repensais à tout ce que Basher avait dit. Je songeais que tout devrait fonctionner à la perfection, sinon...

– Et si nous n'arrivons pas à détruire les canons de l'ennemi? ai-je dit à Mac. Et si nous ne les prenons pas par surprise?

– Oh, Allie! a-t-il répliqué. Tu penses trop. On sera très bien couverts par la RAF, et la marine va tirer de loin avec ses gros missiles. On en saura plus demain. Patiente encore un peu.

Le lendemain, le soleil brillait et il faisait très chaud. Nous devions rester dans l'entrepont afin de ne pas être aperçus par les avions ennemis. À l'intérieur du navire, il faisait très lourd et il était difficile de se concentrer sur les instructions des officiers. Et ce que j'entendais au sujet de notre mission ne me rassurait pas. En plus de détruire les quatre postes de tir et la batterie Rommel au-dessus de la plage Bleue, nous devions nous emparer de plusieurs postes de tir à la mitrailleuse et d'un baraquement allemand. Le tout en trente minutes! En cas d'échec de notre côté, l'Essex Scottish et les Riley seraient pris entre deux feux quand ils débarqueraient sur les plages du centre de Dieppe. Mais je n'ai rien dit. Je n'étais qu'un simple soldat. Et je ne voulais pas que les autres me prennent pour un lâche.

Ce soir-là à bord de notre navire, le moral des hommes était au plus haut grâce à la visite de Lord Louis Mountbatten, le chef des opérations conjointes. Mountbatten avait le commandement de toutes les attaques contre l'ennemi, et l'opération Rutter était son bébé. Il est entré dans la salle accompagné de Ham Roberts. Tous les regards se sont tournés vers lui. Grand et mince, les cheveux foncés, il semblait directement sorti d'un film de guerre anglais. Son uniforme d'été, impeccablement blanc, était orné de deux rangées de boutons dorés sur le devant, et d'épaulettes de galon doré. Il avait la poitrine couverte de médailles militaires. Nous avions tous entendu parler des exploits de Mountbatten, à son poste de commandant du destroyer *Kelly*, qui avait été coulé l'année précédente pendant la bataille de la Crète. Et je savais qu'il appartenait à la famille royale : il était un des nombreux cousins du roi.

Dès l'instant où Mountbatten a ouvert la bouche, il était clair qu'il était aristocrate. Il parlait avec un accent anglais d'une telle élégance qu'il donnait l'impression aux Canadiens d'être de pauvres bûcherons des colonies. Mais il était également clair qu'il avait l'habitude de mettre à l'aise les simples soldats et les matelots. Il a commencé par raconter une blague qui n'était pas particulièrement drôle et, avant qu'il ait terminé, Whitman a lâché un rire tonitruant. Toute la salle l'a imité.

Une fois le silence revenu, Mountbatten a repris la parole.

– J'étais sur les destroyers, au tout début de la guerre. Je sais comment on peut se sentir quand un amiral monte à bord pour vous dire comment vous battre alors que lui-même vient de passer les derniers mois à terre à se péter les bretelles. Je ne vous dirai donc pas comment vous devez vous battre, car vous le *savez* déjà.

Nous avons applaudi. Mountbatten a poursuivi en nous disant qu'il aimait le Canada et les Canadiens, et qu'il savait qu'on pouvait compter sur nous pour mettre fin à tout ça. Nous nous sommes levés et nous avons applaudi encore une fois et sifflé aussi. Tout le monde (y compris moi) se sentait gonflé à bloc pour entreprendre cette opération Rutter. Ham Roberts s'est alors levé (à côté de Mountbatten, il semblait plutôt petit et insignifiant) et il nous a annoncé que l'opération Rutter serait lancée le lendemain à 4 h 30 du matin. Ensuite, j'ai vu Whitman, avec son plus beau sourire de lèche-bottes, se frayer un passage au milieu des autres officiers afin d'aller serrer la main de Mountbatten.

* * *

Cette nuit-là, je n'ai pas arrêté de me réveiller. Je me disais qu'il était grand temps pour nous de partir pour la France. Quand le sergent Hartley nous a finalement fait lever, j'ai vu que c'était déjà le jour.

– Ils ont retardé l'opération d'un jour, m'a dit Mac. À cause du temps.

– Hein! Je trouve qu'il fait très beau, ai-je dit encore endormi, en regardant le ciel bleu et les eaux calmes du Solent.

– Les vents ne sont pas bons pour les parachutistes, a déclaré Turnbull, qui savait toujours tout.

Je me suis alors rappelé que, durant les instructions, on nous avait dit que des parachutistes britanniques devaient d'abord être lâchés et s'emparer des deux postes de tir situés aux deux extrémités de notre ligne de front, avant que nous débarquions. Je me suis dit que les vents pouvaient facilement leur faire manquer leurs cibles.

Une autre journée très chaude et humide a suivi, avec encore des instructions devant une carte, dans l'entrepont, et avec les mêmes ordres passés en revue, une fois de plus. Puis nous avons vérifié et revérifié notre équipement. J'étais content d'avoir seulement à tirer au fusil. Mac était équipé d'un Bren, qu'il fallait démonter, nettoyer et lubrifier régulièrement. J'étais désolé aussi pour les gars qui avaient des Sten : ils devaient limer et calibrer chaque pièce de leur arme afin de la garder en bon état de marche. Et chacun de nous affûtait son couteau et sa baïonnette, et insérait les détonateurs dans ses grenades afin qu'elles soient prêtes à utiliser durant les combats.

Ce soir-là, quand on nous a annoncé encore un retard de 24 heures, la grogne est montée parmi nous. « La mer est aussi calme que l'eau d'une baignoire », ai-je entendu un officier dire d'un ton maussade. Le lendemain matin, le *Princess Astrid* a levé l'ancre et nous a transportés jusqu'au quai pour une marche d'entraînement supplémentaire.

– Je pensais qu'on en avait fini avec ça! ai-je dit à Mac, tandis que nous marchions sur les chemins de campagne autour de Yarmouth.

– Pas nous, Allie, pas nous! Nous sommes juste des PSI, a-t-il rétorqué.

Et j'ai ri. Eh oui! C'était exactement ce que nous étions : des Pauvres Soldats d'Infanterie!

Malgré toute la grogne, ça faisait du bien de sortir de l'atmosphère étouffante du navire et de longer des haies fleuries sous le soleil de juillet. Dans l'après-midi, nous sommes retournés sur le *Princess Astrid* et, ce soir-là, on nous a dit que le temps était encore défavorable. « Combien de temps cela allait-il durer? » nous demandions-nous tous. La nuit était très chaude, et j'ai dormi sur le pont, une fois de plus.

Très tôt le lendemain matin, j'ai entendu le vrombissement d'un avion dans le lointain. À moitié réveillé, j'ai cru que j'étais encore au camp de Borden et que des pilotes d'avion s'entraînaient. Soudain, il y a eu un gros bruit au-dessus de nos têtes, et le navire a été secoué de partout.

– Les Boches! On est touchés! a crié quelqu'un au moment même où une bombe traversait le pont supérieur, puis tombait sur celui où nous étions.

Mais elle n'a pas explosé. Elle a rebondi en travers du pont jusqu'à l'endroit où Murphy était couché et elle s'est arrêtée contre sa jambe. Murphy a hurlé, s'est tordu de douleur, et j'ai senti une odeur de brûlé. La bombe a alors glissé jusqu'au bord du pont, puis est tombée dans l'eau où elle a explosé.

J'ai couru rejoindre Murphy. Mac était déjà auprès de lui en train de le réconforter.

– Tout va bien, Murphy! Tout va bien! Tu nous as sauvés, Murphy. La bombe est tombée, répétait Mac tandis que Murphy gémissait. Allie, va chercher de l'aide!

Deux hommes accouraient déjà sur le pont avec une civière. En jetant un coup d'œil par-dessus le bastingage, j'ai aperçu un autre avion allemand qui s'éloignait du *Princess Josephine Charlotte*. Je distinguais la swastika sur son gouvernail.

– Ils ont touché le *Princess Charlotte*! ai-je hurlé.

Un secouriste a commencé à couper le pantalon de Murphy. Un autre lui a fait une piqûre dans le bras, et il s'est soudain calmé.

– Sa jambe est brûlée, a dit Mac en se retournant vers moi. Mais il va s'en tirer.

Nous avons entendu gronder les machines du *Princess Astrid* et, en quelques minutes, nous étions revenus à quai. Le *Princess Josephine Charlotte* nous suivait. Il était anormalement enfoncé dans l'eau. Des camions et des ambulances arrivaient à toute vitesse dans le port, et je voyais des hommes courir sur le quai. Murphy a été débarqué sur une civière. Plusieurs blessés ont été évacués du

Princess Charlotte. La bombe était tombée jusque dans la salle des machines, puis était passée à travers la coque et avait explosé dans l'eau, sous le navire. La salle des machines était inondée.

Tandis que nous attendions les instructions sur le quai, nous avons entendu dire que seulement quatre Royal avaient été blessés pendant le bombardement, et aucun sérieusement. Même chose pour quelques membres de l'équipage du *Princess Josephine Charlotte*. Nous nous sommes dit que ça aurait pu être bien pire si la bombe avait touché nos munitions. Mais maintenant, les deux navires n'étaient plus en état de nous transporter pour la bataille.

Au début de l'après-midi, nous avons chargé nos sacs et nos équipements dans des camions. Puis nous avons formé des rangs, et le régiment tout entier s'est mis à marcher en direction de Cowes. Au bout d'une heure environ, une motocyclette est arrivée. Elle s'est arrêtée à côté de la jeep du lieutenant-colonel Basher, à la tête du régiment. Le conducteur est descendu et lui a tendu une enveloppe. Basher a lu le message et aussitôt le mot « annulé » s'est répandu dans nos rangs. Nous nous sommes approchés pour entendre ce que nous savions déjà.

– L'assaut contre Dieppe est annulé, a déclaré

Basher, debout dans sa jeep. Nous devons retourner dans un camp en Angleterre.

– Non, non, non! ont crié tous en même temps les cinq cent cinquante soldats.

Mac a laissé tomber son sac par terre, complètement dégoûté. Smiler s'est étendu face contre terre dans le champ qui bordait la route. Et Pullio, le visage rouge de colère, a sauvagement enfoncé sa baïonnette dans une haie jusqu'à ce que Hartley lui ordonne d'arrêter. Quelques-uns se sont assis au bord de la route, le visage enfoui dans leurs mains. Certains pleuraient, je crois.

Moi, tout ce que je ressentais, c'était un immense, un gigantesque soulagement.

CHAPITRE 8

OPÉRATION JUBILEE

13 août 1942

Quand le train est entré en Écosse, Mac m'a secoué l'épaule pour me réveiller.

– *Scots wha hae, laddie*! a-t-il dit en imitant l'accent écossais. *Scots wha hae*!

– Hein? Quoi? Ah oui! L'Écosse, ai-je marmonné avant d'appuyer ma joue à nouveau contre la vitre et de me rendormir.

C'était notre première permission depuis le retour de notre régiment en Angleterre, après l'annulation de l'opération Rutter. Mac voulait se rendre en Écosse depuis le jour où nous avions débarqué du bateau, presque deux ans auparavant. Mais avec son accident de moto, puis son confinement aux baraquements à cause de toutes ses absences sans permission, il n'avait pas pu le faire. Même cette fois-là, il avait failli ne pas obtenir sa permission. Mais deux jours plus tôt, il avait réalisé le coup de circuit qui avait donné la victoire aux Royal, lors d'une partie de baseball contre les gars de l'Essex Scottish, à Horsham. Ça lui avait valu une bonne claque dans le dos de la part du lieutenant-colonel Douglas Catto, qui venait tout juste de remplacer notre commandant Basher. Basher avait quitté le camp après avoir été remplacé par son second, plus jeune que lui. Turnbull racontait que plusieurs officiers de l'armée canadienne d'un certain âge étaient remplacés par des plus jeunes. Nous aimions tous Catto.

Pour notre permission, nous nous étions entendus pour ne pas aller voir notre parenté et simplement visiter Glasgow et Édimbourg à notre gré. Ça m'allait : prendre le thé avec mes vieilles tantes ne me tentait pas du tout. Mac voulait aussi se rendre en train jusqu'à Inverness, histoire de voir les paysages des Highlands. En nous entendant discuter de nos projets, Smiler et Pullio avaient décidé de se joindre à nous. Murphy était toujours à l'hôpital, pas encore complètement remis de ses brûlures, mais en voie de guérison.

À Glasgow, nous avons visité les chantiers navals de la Clyde, car Mac voulait voir l'endroit où avaient été construits de grands navires comme le *Queen Mary* et le *Queen Elizabeth*. Il nous a dit que son grand-père avait travaillé sur ces chantiers. Au bord de la Clyde reposaient des épaves de bateaux bombardés par les Allemands. Nous entendions aussi des bruits de marteaux, car on construisait des navires de guerre pour la marine. J'ai emmené Mac et les autres voir l'immeuble de grès rouge où nous avions été locataires avant d'émigrer au Canada.

À Édimbourg, Mac, Pullio et Smiler ont été très impressionnés par les monuments. Ils répétaient sans arrêt que c'était bien mieux que Glasgow. (Étant natif de Glasgow, ça m'agaçait un peu. Mais je dois bien avouer que Glasgow fait un peu miteuse.) Pour avoir une belle vue d'Old Reekie, comme on surnomme Édimbourg, nous avons grimpé jusqu'au sommet du Siège d'Arthur, un pic rocheux près du palais d'Holyrood. En revenant à notre hôtel, nous sommes passés devant une grande auberge où les militaires en permission pouvaient rester. Smiler a proposé que nous y entrions, pour avoir droit à une tasse de thé gratuite.

– Hé, les gars! Êtes-vous du Royal Regiment du Canada? nous a demandé une femme, à l'entrée. Je crois que j'ai un message pour vous.

Nous nous sommes regardés sans comprendre. Elle est revenue avec un télégramme qu'elle avait affiché au babillard. On y disait que tous les hommes de la 2e Division canadienne devaient retourner immédiatement au camp.

Nous avons tous rouspété en regardant Smiler

d'un air accusateur. Nous avions prévu de sortir le soir pour rencontrer les filles d'Édimbourg. Au lieu de quoi, nous nous sommes retrouvés à attendre sur un quai le prochain train vers le sud. Nous nous demandions ce qui se passait. Était-ce un simple exercice? Une nouvelle opération comme celle de Rutter était plutôt improbable. L'histoire de l'attaque manquée de Dieppe avait fait le tour de la Grande-Bretagne, et l'ennemi était sûrement au courant.

Nous sommes arrivés au camp le lendemain midi, le 17 août. Le lieutenant Whitman nous a annoncé que nous partions le lendemain pour un nouvel exercice. Nous avons donc préparé, encore une fois, nos armes et nos munitions. Les Sten, tant détestés, avaient été remisés depuis l'opération Rutter et ils étaient tout encrassés. Il fallait donc en nettoyer toutes les parties, puis les remonter. Les camions sont venus nous chercher le lendemain après le dîner, et nous sommes montés avec tout notre équipement. Une fois dedans, les choses se sont passées différemment. Les bâches kaki ont été tendues afin de nous couvrir et de s'assurer que personne ne puisse nous voir. Il a fait sombre et humide là-dessous, tout le long du trajet. Mais au bout d'une heure, j'ai senti l'air salin. Je me suis demandé si nous retournions sur l'île de Wight.

Quand notre camion s'est arrêté et que la bâche a été ouverte, j'ai vu que nous étions à Portsmouth. Puis j'ai aperçu les mêmes transports de troupes dans le port, avec des péniches de débarquement à leur bord. On nous a conduits vers l'un d'eux, le *Princess Astrid*, celui qui avait été bombardé alors que nous étions à son bord. Visiblement, on avait réparé les dégâts occasionnés sur son pont. Tandis que nous embarquions, un matelot anglais a lancé :

– Vous savez où on s'en va? À Dieppe! Dieppe!

J'ai cru qu'il faisait une blague et j'ai dit en souriant :

– Non! Ça, c'était la fois *précédente* .

Pourtant, une fois à bord, tout le monde parlait de Dieppe.

– Ça ne se peut pas! ai-je dit à Mac. Les Allemands vont le deviner!

– Ils vont peut-être penser que le *dernier* endroit où nous pourrions les attaquer, c'est Dieppe, a-t-il répliqué.

– Ouais! Tu as sans doute raison, ai-je dit sans trop y croire.

Je me suis penché sur le bastingage et j'ai regardé toute l'activité dans le port. Mon regard s'est arrêté sur le mât et le gréement du *Victory*, le vieux vaisseau amiral à bord duquel était mort

Nelson lors de la bataille de Trafalgar, plus de cent trente ans auparavant. On le gardait dans le port de Portsmouth, en souvenir de lui. J'ai alors repensé à la statue de Nelson, posée au sommet du monument de Trafalgar Square. Je nous ai souhaité la même chance que lui, et surtout la victoire.

Après un repas composé de ragoût et de pain, nous avons reçu les instructions pour l'opération Jubilee, nom de la nouvelle attaque contre Dieppe. Cette fois-là, personne n'a crié ni applaudi. Tout le monde semblait simplement déterminé à y aller et à en finir au plus vite. La stratégie semblait la même que la fois précédente, sauf que des commandos britanniques, au lieu de parachutistes, allaient s'emparer des gros canons à l'est et à l'ouest de Dieppe. Au moins, nous n'aurions pas à attendre à cause de vents contraires. Avec des cartes et des photographies aériennes, le lieutenant-colonel Catto a revu les plans concernant notre débarquement à la plage Bleue, près du village de Puys. On nous a prévenus que nous n'aurions pas besoin de nos masques à gaz et que nous n'étions pas obligés d'apporter des bouteilles d'eau puisque nous ne serions en France que pour quelques heures.

Tout le monde semblait calme, comme si ce

n'était qu'un exercice de plus. On nous a dit que des stylos et du papier étaient à notre disposition si nous voulions écrire à nos familles, et qu'il fallait mettre en en-tête : *À poster au cas où je ne reviendrais pas.* J'ai décidé d'écrire à ma mère et j'ai pris conscience qu'il s'agissait peut-être de la dernière fois. C'est à ce moment-là que j'ai commencé à comprendre ce que nous étions sur le point de faire.

À POSTER AU CAS OÙ JE NE REVIENDRAIS PAS
Mme Angus Morrison
64, chemin Hiawatha
Toronto, Ontario
Le 18 août 1942

Chère maman,

Je t'écris alors que je suis à bord du transport de troupes Princess Astrid. *Nous allons enfin voir un peu d'action. Nous nous rendons à Dieppe, un port occupé par les Allemands sur la côte française. Des centaines de navires participent à cette opération. Tout le monde est calme, et nous nous sommes entraînés pendant des semaines.*
Quand tu recevras cette lettre, tu auras probablement lu dans les journaux des articles au

sujet de cette attaque. Si j'ai été fait prisonnier,
ne t'inquiète pas. Nous avons déjà eu toutes les
instructions nécessaires au cas où ça arriverait.
Ce sera pénible, mais la guerre ne peut pas durer
éternellement.

Si tu lis cette lettre parce que je ne m'en suis pas
tiré, j'aimerais que tu saches un certain nombre de
choses. D'abord, je tiens à te dire que je suis désolé
de t'avoir fait de la peine en m'engageant sans te
l'avoir dit. J'ai souvent repensé à ce que tu m'as
dit : « Tu n'es pas fait pour l'armée ». Eh bien!
Tu me connais mieux que quiconque, et tu avais
raison. Je ne suis pas fait pour l'armée. Je n'aime
pas qu'on me crie des ordres, ni les exercices sans
fin, ni qu'on me dise sans cesse ce que je dois faire.
Mais je veux que toi, Elspeth et Doreen sachiez
que je ne regrette rien. Mes deux dernières années
passées en Angleterre ont été très importantes pour
moi. J'ai visité des endroits que je ne connaissais
que par mes lectures, comme la Tour de Londres,
le château d'Édimbourg, Stonehenge et l'île de
Wight. J'ai le sentiment d'avoir participé à un
moment important dans l'histoire de l'humanité.
J'ai rencontré des gens que je n'oublierai jamais, ici
en Angleterre, et je m'y suis fait de bons amis. Il n'y
a rien de tel que l'entraînement militaire pour vous
convaincre de compter sur votre prochain.

Je sais que tu en veux à Mac de m'avoir entraîné là-dedans. Mais c'est mon meilleur ami, et il est toujours là pour m'aider. Dis à sa mère qu'il est l'un des soldats les plus populaires et les plus admirés de notre bataillon.

Enfin, je tiens à te remercier d'avoir été une si bonne mère, si aimante, envers moi et les filles. Je sais que, dans notre famille, nous parlons rarement de ces choses-là. Ce n'est pas dans les habitudes des Écossais. Mais je n'aurais pas pu rêver d'une meilleure mère. Je pense à toi tous les jours et je t'aimerai toujours.

Que Dieu te bénisse.

Toute mon affection à Elspeth et Doreen.

Ton fils qui t'aime,

Alistair Morrison B67757
Compagnie B
Royal Regiment of Canada

CHAPITRE 9

LA PLAGE DE LA MORT
18 août 1942, 22 h 20

Je suis sorti sur le pont arrière afin d'amorcer mes deux grenades. Nous y allions tous, à tour de rôle. J'étais toujours nerveux quand je devais faire cette opération délicate. J'ai retenu mon souffle et j'ai inséré le détonateur dans la première grenade. Une pause, puis j'ai amorcé la seconde grenade. Elles n'ont pas explosé. Je les ai mises chacune dans une pochette à grenade et je les ai fixées à mon harnais ventral, avec le reste de mon équipement.

Les nuages ont découvert un croissant de lune, et je distinguais à peine les silhouettes des autres navires qui glissaient silencieusement sur la mer. Les eaux de la Manche étaient rarement aussi calmes. Une mer d'huile, comme on dit. Était-ce de bon augure? J'ai fouillé la nuit du regard et je me suis demandé combien de navires traversaient en même temps que nous. Sûrement au moins deux cents, transportant environ six mille hommes à la bataille. Certains ne reviendront pas, me suis-je dit, comme toujours à la guerre. Pour ceux-là, cette chaude nuit d'été serait leur dernière sur

Terre. Serais-je l'un d'entre eux? Ma vie allait-elle se terminer demain? Je me suis demandé si les autres se faisaient les mêmes réflexions que moi ou s'ils s'efforçaient de ne pas y penser. J'en avais l'estomac qui gargouillait, alors j'ai décidé de rejoindre les autres à l'intérieur.

Mon Lee-Enfield, ma baïonnette et mes deux cartouchières pleines de balles étaient déposés contre la cloison où je les avais laissés. Les hommes de mon peloton étaient assis en silence : ni blagues ni bavardages, contrairement à leur habitude. On nous avait apporté du thé et une bassine remplie de sandwichs, mais personne ne semblait avoir faim. Quelques-uns étaient encore occupés à écrire des lettres qui repartiraient avec le *Princess Astrid*.

Je me suis assis à côté de Mac. Il m'a tendu deux petits miroirs de poche en tôle.

– Mets-les dans tes poches, m'a-t-il dit en pointant celles sur la poitrine de ma tenue de combat. Ça te fera un petit blindage.

– Et toi? lui ai-je demandé.

Il a souri et a détourné les yeux. J'ai pris un des miroirs et je l'ai glissé dans sa poche gauche, contre son cœur.

Juste avant minuit, nous avons entendu un changement dans le vrombissement des machines.

– Nous entrons probablement dans le champ de mines, a dit Turnbull.

Nous savions que les dragueurs de mines, devant nous, nous guidaient à travers les explosifs installés par les Allemands au large des côtes françaises. Ce champ de mines servait à protéger leurs convois qui se rendaient dans les ports français. Nous savions aussi que les gros navires, comme le *Princess Astrid*, avaient plus de chances de heurter une mine qu'un bateau plus petit. Durant toute l'heure qui a suivi, nous sommes restés assis en silence, à l'écoute du moindre bruit. Finalement, nous avons entendu les machines reprendre de la vitesse. Nous avions donc réussi à traverser.

Aux environs de 2 h 30 du matin, le sergent Hartley nous a annoncé qu'il était l'heure de nous préparer. Nous avons commencé à ramasser nos armes, à enfiler nos harnais et nos cartouchières. Quand j'ai passé mon gilet de sauvetage gonflable par-dessus le tout, je me suis senti comme un énorme robot malhabile. En haut, sur le pont, la lune avait disparu et nous étions plongés dans l'obscurité la plus totale. Sans faire de bruit, nous nous sommes avancés à la file indienne, chacun tenant le fourreau à baïonnette du gars qui le précédait. La péniche de débarquement avait été suspendue d'un côté du navire, et des matelots anglais nous ont aidés à embarquer. Nous nous sommes assis sur les bancs disposés en rangées : une dans le centre et deux autres de chaque côté. J'étais à la poupe, à bâbord, et je voyais devant moi une longue lignée de casques d'armée. Je sentais les autres respirer tout autour de moi. Notre péniche a été bruyamment descendue le long du flanc du navire, puis déposée sur l'eau. J'ai alors entendu le vrombissement de ses moteurs, et nous nous sommes éloignés du *Princess Astrid*. Le ciel était noir au-dessus de nous, avec à peine quelques étoiles visibles. L'air glissait sur mes joues et les rafraîchissait, mais sous tout mon équipement, j'étais en sueur.

Notre péniche s'est mise à avancer, mais au bout de quinze minutes, elle a brusquement changé de cap. J'ai su par la suite que nous avions pris la file derrière la mauvaise canonnière. Quand l'officier de la marine britannique chargé de nous faire débarquer s'est rendu compte de son erreur, les péniches ont accéléré afin de rattraper le temps perdu. J'ai alors repensé à la simulation Yukon I, quand on nous avait fait débarquer au mauvais endroit, et j'espérais que ce genre d'erreur ne se reproduirait pas.

Soudain une lueur blanche a fendu le ciel.

Elle me rappelait la première fusée du spectacle de feux d'artifice en l'honneur de la fête de la Reine, à Toronto. Puis j'ai entendu une pétarade de coups de feu et quelques fortes explosions. Je me suis retourné pour interroger Mac du regard, mais je ne le voyais pas à cause de l'obscurité. Pendant dix minutes, nous avons écouté les coups de feu de ce combat qui se jouait sur l'eau. Il était difficile de dire à quelle distance nous en étions. Était-ce prévu dans l'opération Jubilee? Par la suite, nous apprendrions que la canonnière qui dirigeait les commandos britanniques vers la plage Jaune avait croisé un convoi allemand. Quand les coups de feu ont cessé, les péniches transportant les commandos étaient dispersées, et la canonnière lourdement endommagée. Accroupis dans notre péniche, nous nous demandions si notre attaque avait été découverte.

Puis nous avons aperçu les lumières du port de Dieppe sur la ligne d'horizon. Nous avons encore une fois changé de cap, vers l'est, en direction de Puys et de la plage Bleue. Le ciel commençait à s'éclaircir derrière le sommet des falaises, sur la côte. Si nous n'attaquions pas avant l'aube, les Allemands allaient nous voir arriver! Je sentais mon cœur battre contre le miroir de tôle dans ma poche.

Tandis que nous approchions de la côte, nous avons aperçu un signal lumineux. Venait-il des nôtres ou de l'ennemi? L'instant d'après, des lumières aveuglantes étaient braquées sur nous. Puis nous avons entendu le bruit des mitrailleuses, venant de la côte. Des projecteurs balayaient la plage où les premières péniches arrivaient. Les tirs se sont brièvement arrêtés, puis ont repris de plus belle quand les premiers soldats ont débarqué. Ils n'ont aucune chance de s'en tirer! me suis-je dit. Allons-nous quand même débarquer?

Tandis que nous approchions, des balles ont commencé à toucher les flancs de notre péniche. On aurait dit de la grêle sur un toit de tôle. L'homme à côté de moi s'est reculé de la paroi d'acier, bombardée par les balles à quelques centimètres de lui. Il y avait de la fumée, les hommes criaient et les moteurs rugissaient tandis qu'on tentait d'amener les péniches plus près de la plage. Quand les moteurs se sont arrêtés, le lieutenant Whitman s'est levé à la proue de notre péniche, son pistolet à la main. Une balle a touché son casque, et il est retombé assis à sa place. La passerelle de débarquement a été abaissée, Whitman s'est relevé. Il a tourné la tête vers nous et a levé le bras, mais une balle lui a traversé la gorge. Il avait l'air de se demander ce qui lui arrivait. Le sang coulait de sa gorge. Puis il s'est écroulé dans l'eau.

La seconde d'après, des balles de mitrailleuse ont traversé la rangée centrale de notre péniche. Des hommes ont hurlé et sont tombés. Du sang coulait dans les rigoles, au fond du bateau.

Le sergent Hartley était du même côté que moi, quelques rangées en avant. Il s'est retourné et nous a crié : « Si nous restons ici, nous sommes morts! Debout et en avant! *Go, go, GO!* »

Nous avons attrapé nos armes et nous sommes passés par-dessus les hommes tombés au fond de la péniche. Sur la passerelle de débarquement, il y avait encore plus de corps, alors j'ai sauté sur le côté. L'eau était très froide. J'ai coulé au fond et j'ai bu la tasse. Je me suis relevé, mon arme à bout de bras, j'ai toussé et recraché l'eau salée. C'était l'aube, et le ciel était clair.

J'ai repéré une péniche devant moi, qui pourrait me servir d'abri, et j'ai pataugé jusque là. Soudain, j'ai aperçu Smiler, la tête appuyée contre le flanc de la péniche. Il m'a fait l'ombre de son éternel sourire. J'ai baissé les yeux et j'ai vu que l'eau se teintait de sang autour de lui. Il avait les deux mains sur son ventre et tentait d'empêcher ses intestins de sortir par une plaie béante.

– Smiler! lui ai-je crié. Je vais chercher de l'aide! Ne bouge pas!

— Non, Allie! a-t-il répliqué d'une voix faible. Pas la peine! Sauve ta peau... Va-t'en! Continue!

J'étais là, hésitant, à côté de Smiler quand soudain j'ai entendu le vrombissement d'un avion au-dessus de nos têtes. Un de nos Spitfire piquait afin d'aller bombarder les postes de tir sur la côte. C'est le moment ou jamais! me suis-je dit. J'ai pataugé sur la plage de galets, entre les corps qui roulaient dans les vagues. Puis j'ai repéré le sergent Hartley couché derrière un monticule de galets, tirant avec un Bren. J'ai couru jusqu'à lui et me suis écrasé par terre.

— Continue jusqu'à la digue! m'a-t-il hurlé au moment même où une balle traversait ma tenue de combat, m'éraflant les côtes.

Tandis que j'avançais en rampant, j'ai entendu un autre avion et j'ai vu une épaisse fumée en descendre. Un barrage de fumée! Merci mon Dieu, me suis-je dit. J'ai traversé la fumée jusqu'au pied de la digue, butant contre les corps tordus dans tous les sens. J'ai aperçu un officier accroupi derrière un des contreforts de la digue. Je me suis arrêté à côté de lui.

— Rends-toi jusqu'au bâtiment blanc! m'a-t-il crié à travers tout le vacarme, en pointant un grand bâtiment sur la falaise.

Je me suis débarrassé de mon gilet de sauvetage

et j'ai passé mon arme en bandoulière. Je pouvais voir les tirs de mitrailleuses sortir des fenêtres de l'étage supérieur du bâtiment. J'ai tiré quelques coups, mais il était hors de portée. Puis un obus est tombé sur la plage à côté de nous, et nous avons été éclaboussés de boue et de galets.

– Prends ce Tommy! a crié l'officier, un lieutenant nommé Wedd.

D'un geste de la main, il m'indiquait une arme sur la plage, juste à côté d'un cadavre. J'ai attendu le tir suivant, puis je me suis précipité sur l'arme. Au moment même où je l'attrapais, des balles se sont mises à ricocher sur les galets autour de moi, et quelque chose m'a égratigné le dos de la main. J'ai serré l'arme dans ma main et je me suis dépêché de retourner à l'abri du contrefort. Au passage, j'ai enjambé le visage livide d'un cadavre qui avait la bouche grande ouverte. Soudain, j'ai reconnu Turnbull. Encore un des nôtres! Fou de rage, j'ai sorti la tête de derrière le contrefort et, avec mon Tommy, j'ai visé la fente de tir d'une casemate de l'autre côté de la digue. Quand mon magasin a été vide, je me suis arrêté pour lécher le sang qui coulait sur le dos de ma main. J'ai bougé mes doigts et, à part quelques grosses coupures, elle était intacte.

– Donne-moi une grenade! a crié le lieutenant

Wedd.

Je lui ai tendu mes deux grenades. Il en a fixé une à son harnais et a mis l'autre au creux de sa main. Il est sorti de derrière notre contrefort en rampant et il s'est avancé lentement le long de la digue. Chaque fois qu'il bougeait d'un centimètre, on tirait sur lui depuis la casemate. Et chaque fois, il se plaquait contre le mur de la digue. Admiratif, je le regardais se déplacer d'un contrefort à l'autre. Finalement, il a foncé sur la casemate et a lancé sa grenade dans la fente de tir. Criblé de balles, son corps a volé en l'air avant de retomber. Il a été secoué de quelques soubresauts, puis plus rien. La seconde d'après la casemate explosait, projetant des flammes et de la fumée. J'étais ébahi par le courage de Wedd et je me sentais bien petit, comparé à lui.

Un bon nombre d'hommes qui avaient été bloqués sur la plage ont alors réussi une avancée jusqu'à la digue. Hartley en était, suivi par Pullio juste derrière lui. Au moment où Hartley a bondi jusqu'à moi, Pullio a lâché un grand cri et s'est écrasé par terre.

– Je suis touché! Touché! hurlait-il en se tenant la jambe.

Hartley et moi avons tendu les bras et l'avons tiré jusqu'à côté de nous. Une de ses jambes était fracturée sous le genou, et du sang coulait sur ses bottes. L'agitation de Pullio a attiré l'attention de l'ennemi qui s'est mis à tirer dans notre direction. Les balles s'enfonçaient avec un bruit sourd dans les cadavres autour de nous.

– Morrison! Va chercher une civière et sors-le d'ici! a crié Hartley.

J'ai regardé autour et j'ai vu une civière au pied de la digue, à environ 30 mètres de nous. J'ai fait comme Wedd : j'ai contourné le contrefort en rampant, puis j'ai longé le mur, centimètre par centimètre, en me plaquant contre la paroi tandis que les balles ricochaient sur les galets de la plage. Contrairement à Wedd, je longeais la digue en m'éloignant du cœur de la bataille. À chaque contrefort franchi, les tirs dans ma direction diminuaient. Finalement, j'ai couru et je me suis plaqué par terre, à côté de la civière. Un des brancardiers était mort. J'ai demandé à l'autre, McCluskey, s'il pouvait m'aider à transporter quelqu'un et il m'a fait signe que oui. J'ai replié la civière et l'ai calée sous mon bras. McCluskey m'a suivi pour longer prudemment la digue en sens inverse.

Devant nous, j'ai aperçu deux de nos hommes qui tentaient d'escalader le mur. Je savais que leur objectif était d'aller déposer des explosifs dans les rouleaux de barbelés qui coiffaient la digue. Ils essuyaient un feu nourri de mitrailleuses, ce qui nous a permis de nous déplacer le long du mur sans nous faire remarquer. Au moment où nous avons rejoint Pullio, j'ai entendu crier un des soldats. J'ai levé la tête et je l'ai vu retomber sur la plage, inanimé. Hartley tentait de couvrir les grimpeurs en tirant avec son Tommy. Puis j'ai entendu une petite explosion et j'ai vu une brèche dans le barrage de barbelés. Un des hommes grimpait déjà dans cette direction pour s'y glisser. J'ai fait signe à McCluskey, et nous avons installé Pullio sur la civière. Nous sommes repartis le long de la digue en nous déplaçant le plus vite possible.

Quand nous sommes arrivés au bout, nous avons vu le lieutenant-colonel Catto avec une douzaine d'hommes. Ils avaient installé une échelle d'aluminium à l'endroit où la digue rejoignait la falaise. En haut de l'échelle, un homme tentait de pratiquer une brèche dans les barbelés avec des cisailles. Soudain un obus est tombé tout près de nous, et nous nous sommes vite plaqués contre la falaise pour nous mettre à l'abri des balles. Pullio geignait tandis que nous courions, mais il se tenait relativement tranquille.

– Il y a un poste de soins là-bas, nous a crié un des hommes de Catto. Là-bas, avec les hommes du

Black Watch Regiment.

Nous avons continué en direction de l'endroit indiqué, sans jamais nous éloigner de la paroi de la falaise. Puis nous avons aperçu des hommes du Black Watch Regiment qui avaient débarqué en renfort à cet endroit de la plage. Nous sommes passés près d'un signaleur qui portait sa radio sur son dos et nous l'avons entendu dire : « Attaque bloquée sur la plage Bleue. Pouvez-vous nous sortir de là? Je répète : Attaque bloquée... »

On nous a dirigés plus loin au pied de la falaise, où un poste de soins avait été installé dans une petite grotte. Nous y avons trouvé un officier qui faisait de son mieux pour soigner les blessés le plus rapidement possible. Son tablier blanc était couvert de sang. Je lui ai montré la jambe de Pullio. Il lui a immédiatement fait une piqûre de morphine et il a commencé à découper la jambe de son pantalon. J'ai tapoté l'épaule de Pullio, lui ai souhaité bonne chance, et je suis reparti.

McCluskey et moi sommes ressortis de la grotte sous une pluie de balles. Quelques obus ont explosé non loin de nous. Les hommes du Black Watch ont tenté de riposter, mais l'ennemi était hors de portée. McCluskey a décidé de rester avec eux, mais moi, j'ai été rejoindre Hartley. J'espérais aussi retrouver Mac. J'étais inquiet, car je ne l'avais pas encore vu. Tandis que je longeais la falaise, des rochers se sont mis à dégringoler. J'ai levé les yeux et j'ai aperçu des soldats allemands qui couraient au sommet. Ils ont laissé tomber des grenades à manche, et l'une d'elle a atterri près de moi. Je l'ai ramassée et je l'ai relancée plus loin sur la plage où elle a explosé en faisant voler des galets. J'étais content de n'avoir touché personne en la lançant ainsi.

Tandis que j'approchais du bout de la digue, j'ai remarqué que l'échelle d'aluminium était encore là et qu'il y avait une petite brèche dans les barbelés, mais il n'y avait plus aucun soldat dans les environs. J'espérais que les grimpeurs avaient réussi à passer. Quand j'ai contourné le premier contrefort, j'ai remarqué qu'il n'y avait plus de bruit. Les tirs incessants s'étaient arrêtés. Puis j'ai entendu quelqu'un crier en allemand dans un porte-voix.

– Ils nous demandent de nous rendre, a dit un homme accroupi par terre, près de moi.

– Dis-leur d'aller au diable! a crié un autre au pied de la digue.

La seconde d'après, nous avons entendu le sergent-major du Royal Regiment crier de sa grosse voix inimitable : « Allez… au… diable! »

– Bien envoyé, Murray! ont crié deux ou trois

gars.

L'ordre de nous rendre, en allemand, a été répété quelques minutes plus tard. Cette fois, nous y avons répondu par un long silence. Des corps tordus dans tous les sens gisaient sur la plage. Nous entendions les gémissements des blessés. La marée montait, et des hommes étaient noyés par les vagues. Et pas un seul bateau en vue pour venir à notre rescousse!

La troisième fois, l'ordre nous a été donné dans un anglais fortement teinté d'accent allemand : « C'est votre dernière chance de vous rendre. »

Un grand silence régnait. Puis nous avons vu une camisole blanche brandie au bout d'une baïonnette. L'homme qui la tenait l'a agitée deux ou trois fois. J'ai entendu un soldat pleurer, près de moi.

C'était fini.

CHAPITRE 10

LA REDDITION

19 août 1942, 8 h 30

Des hommes en uniformes verts ont envahi la plage. L'ennemi, resté invisible jusque-là, était soudain partout.

– Cachez vos couteaux! a dit à voix basse un des Royal à côté de moi.

Je ne portais pas de couteau de commando, mais ceux qui en avaient les ont retirés de leurs bottes et les ont enfouis sous les galets de la plage. Nous savions que les commandos pouvaient être fusillés sur le champ.

Des échelles ont été descendues le long du mur de la digue. Soudain, un jeune soldat allemand se tenait debout devant moi.

– *Hände auf den Kopf!* m'a-t-il craché à la figure, en pointant son fusil vers le haut.

Je ne connaissais à peu près rien à l'allemand, mais j'ai quand même compris que je devais mettre mes mains sur ma tête. Autour de moi, d'autres en ont fait autant.

– *Sofort, ihr werdet erschossen!* a-t-il hurlé.

– Vite, sinon on vous tire dessus! nous a

ordonné un autre soldat allemand en anglais.

Ils ont regroupé une dizaine d'entre nous, et nous avons marché sur la plage, certains en boitant, jusqu'à l'entrée du village. La marée montait toujours, et l'eau était rouge du sang des hommes qui y flottaient. Soudain j'ai vu Smiler. Il bougeait dans les vagues, comme s'il avait été vivant.

– Mon ami! ai-je crié en faisant des signes au soldat allemand qui parlait un peu l'anglais. C'est mon ami!

Le soldat m'a fait signe que oui, alors j'ai foncé dans les vagues et j'ai ramené Smiler sur la plage. Un autre gars du Royal Regiment l'a attrapé par les jambes. Nous l'avons transporté plus loin et nous l'avons déposé par terre. Smiler, le visage affreusement blanc, était mort. J'ai croisé ses mains déjà froides sur sa poitrine et je lui ai fermé les yeux. Il avait l'air si jeune! On aurait dit un enfant de chœur. Nous avions l'habitude de le taquiner parce qu'il se faisait la barbe seulement une fois par semaine. J'ai senti un sanglot me monter à la gorge. Je ne voulais pas que les Allemands me voient pleurer. Je me suis caché les yeux avec la main, mais les larmes sont passées entre mes doigts. Je suis tombé à genoux.

– Mon Dieu, ai-je murmuré, prenez bien soin

de Smiler. C'était un bon gars.

– *Komm, komm*! a crié un des Allemands en nous pressant d'avancer.

Je me suis levé, j'ai posé mes mains sur ma tête et je me suis éloigné de Smiler et de tous les corps au pied de la digue. À l'entrée du village, les clôtures de barbelés avaient été ouvertes pour nous laisser passer. J'ai vu une casemate d'où, quelques minutes plus tôt, on nous avait tiré dessus avec frénésie. Devant gisaient les corps de trois hommes qui avaient tenté de faire cesser les tirs. Parmi eux se trouvait le sergent Hartley. Je le revoyais en train de l'assaillir, criant et tirant avec son Tommy qu'il tenait à hauteur de ses hanches. Pauvre Hartley, si courageux, me suis-je dit.

Soudain il y a eu tout un vacarme derrière nous. Des hommes du Royal Regiment s'agitaient. Ils voulaient retourner sur la plage pour y récupérer les blessés. Mais les Allemands refusaient. J'ai aussitôt pensé à Mac. Et s'il gisait sur la plage, en train de se vider de son sang? Je suis retourné en courant. Les soldats allemands s'énervaient et nous menaçaient de leurs armes. Nous criions, pointant le doigt vers la plage, mais les Allemands hurlaient et nous piquaient de leurs baïonnettes. Lentement, nous nous sommes retournés et avons continué d'avancer dans la grande rue, les mains sur la tête.

Sur les collines qui s'élevaient en pente abrupte de chaque côté de la route, il y avait des résidences secondaires vides aux fenêtres barricadées. D'habitude, des gens passent leurs vacances ici, me suis-je dit. J'ai regardé le grand bâtiment recouvert de stuc blanc, près des falaises. Je ne voyais plus aucun fusil tirer de ses fenêtres. Devant nous se trouvait une autre casemate en contrebas de la route. Sa fente de tir était orientée vers la plage.

Dans le ciel derrière nous, les moteurs d'un Spitfire britannique vrombissaient au-dessus de la mer.

– Tu es un peu en retard, mon gars! a crié quelqu'un tandis que nous tournions la tête pour le voir.

Soudain, l'avion est descendu en piqué vers le village et s'est mis à nous tirer dessus! Nous nous sommes écrasés par terre pour nous mettre à l'abri, et des Allemands ont riposté. Tandis que l'avion remontait et repartait en direction de la Manche, j'ai entendu pleurer des hommes qui gisaient dans la rue. Certains saignaient et d'autres étaient étendus, complètement inertes.

– Par les nôtres! a hurlé un gars. Tué par les nôtres!

J'avais envie de hurler moi aussi.

Nous sommes resté étendus par terre pendant quelques minutes, complètement désespérés, jusqu'à ce que des camions arrivent. Nous avons aidé à y charger les morts et les blessés. Puis on nous a conduits à pied dans une cour entourée d'un mur, devant l'école du village.

– *Für euch ist der Krieg zu Ende*, a dit le garde devant le portail.

Une phrase que j'avais déjà entendue quelques fois. Mais là, j'en ai compris le sens : « Pour vous, la guerre est finie ».

Si seulement c'était vrai, me suis-je dit. Si seulement!

J'ai parcouru du regard la cour d'école et j'ai reconnu seulement quelques hommes parmi tous ces visages ensanglantés à l'air abattu. Puis j'ai circulé dans la mêlée, à la recherche d'hommes de mon peloton. Je n'en ai trouvé aucun. Je savais que notre lieutenant et notre sergent étaient morts. Turnbull et Smiler aussi. Mais où étaient les autres? Où était Mac? Plus de la moitié des hommes semblaient appartenir au Black Watch Regiment. Qu'étaient devenus les Royal? J'espérais simplement que quelques-uns d'entre eux avaient réussi à nager et à embarquer dans des navires au large. Peut-être qu'un bon nombre avait réussi à franchir les barbelés avec Catto? Peut-être qu'ils s'étaient joints aux gars de l'Essex Scottish et que, en ce moment, ils se battaient dans la ville?

Puis j'ai entendu la voix claironnante du sergent-major Murray : « Soldats, en rangs! En formation! Montrez-leur que nous sommes des soldats! »

Arrivé au portail, j'ai vu un groupe d'Allemands qui entraient dans la cour avec un officier. Nous nous sommes mis en rangs bien droits et nous avons redressé les épaules. Même certains blessés ont fait de leur mieux pour se tenir au garde-à-vous. Nous nous sommes sentis moins anéantis et défaits. L'officier allemand a parcouru nos rangs en nous inspectant du regard. Il ne ressemblait pas du tout aux méchants nazis des dessins animés de propagande. Au contraire, il était calme et posé. Il a examiné les blessures de quelques hommes. Quand il a franchi le portail, le sergent-major Murray nous a ordonné : « Compagnie, repos! »

Des soldats allemands sont alors arrivés avec des seaux d'eau et du pain noir. Je me suis soudain rendu compte que je mourais de faim et de soif. J'ai avalé goulûment une gorgée d'eau et j'en ai profité pour me laver le visage et les mains. Puis j'ai glissé ma main sous ma veste de combat pour sentir la blessure sur mon côté. Elle me faisait mal, mais commençait déjà à cicatriser. J'avais aussi mal au côté gauche et, en me tâtant, j'ai fait la grimace. J'ai entendu un bruit métallique dans ma poche, contre ma poitrine. J'ai glissé la main et j'en ai retiré le miroir de tôle que Mac m'avait donné. Il avait été enfoncé par une balle et ressemblait à un poing miniature. Au creux se trouvait un éclat d'obus qui aurait dû m'atteindre en plein cœur. Sauvé par le miroir! Merci Mac! me suis-je dit.

Peu après, on a rouvert la grille et on nous a fait sortir de la cour d'école. Au son des *Hände hoch!* (Les mains sur la tête!) on nous a fait grimper sur une colline à la sortie du village de Puys. Nous avancions en direction de l'ouest sur une route qui longeait les falaises. En approchant de Dieppe, on entendait des coups de feu. Les gros bruits sourds de l'artillerie lourde retentissaient, tout près. Manifestement, la batterie Rommel n'avait pas été détruite. Avec un serrement au cœur, j'ai songé aux hommes sur les plages du centre de Dieppe et aux tirs meurtriers qu'ils devaient subir. On voyait des avions tournoyer au-dessus de nos têtes, dans le ciel bleu. En redescendant dans Dieppe, nous avons vu la plage couverte par un épais nuage de fumée. Sur le promontoire à l'autre bout s'élevait la tourelle d'un vieux château en ruine et plus loin, encore d'autres falaises de craie. Ma montre indiquait 12 h 20.

Nous avons traversé un pont, puis nous sommes passés sous les grues du port de Dieppe. Les tirs semblaient se calmer. Nous avons tourné dans une rue, et la plage avec son esplanade est apparue devant nous. On n'y entendait plus un seul coup de feu. Quand l'écran de fumée grise s'est dissipé, on voyait des colonnes de fumée noire s'élever des avions abattus et des chars d'assaut brûler sur la plage. La rue le long de l'esplanade était bordée d'hôtels et d'appartements, dont plusieurs avaient des vitres brisées et des briques éclatées. De la fumée s'échappait d'un grand bâtiment blanc, plus loin en bordure de la plage : le casino de la ville, m'a-t-on dit.

On nous a conduits sur l'esplanade de béton qui, autrefois, avait fait la joie des promeneurs du dimanche venus y déguster un sorbet. Ce jour-là, elle accueillait quelques centaines de soldats canadiens, débraillés et épuisés par la bataille. Certains n'avaient ni bottes ni pantalons. Ils les avaient probablement enlevés pour mieux se sortir de l'eau, me suis-je dit. Des blessés se faisaient faire des bandages par des secouristes allemands.

J'ai marché à travers la foule des hommes rassemblés, à la recherche de Mac et d'autres gars de mon peloton.

– C'était perdu d'avance! ai-je entendu dire un gars en colère.

– Qui nous a emmenés dans un guêpier pareil? a grommelé un autre.

– Les maudits Britanniques! a dit un troisième. Et la marine? Les destroyers étaient censés nous couvrir. Leurs canons ne valaient pas mieux que des pistolets à bouchon!

Je les écoutais en hochant la tête. J'avais vu un destroyer tirer vers la plage Bleue, à partir du large. Tout ce qu'il avait réussi à faire, c'était détacher un bloc de craie de la falaise, qui était ensuite tombé sur les nôtres!

Puis un autre Spitfire est descendu en piqué sur nous, ses moteurs à plein régime. Une fois de plus, nous nous sommes dispersés et écrasés par terre. Nous avons entendu un tir de mitrailleuse mais, par chance, personne n'a été touché. Un gars étendu près de moi s'est retourné sur le dos et, tandis que l'avion s'éloignait, il a brandi son poing en criant :

– Et quand on avait besoin de toi, t'étais où?

Nous nous sommes relevés, puis j'ai vu qu'on emmenait des hommes par petits groupes. Quand notre tour est arrivé, nous sommes passés près de la plage: j'ai vu des cadavres et une jambe arrachée flotter dans l'eau des vagues rougie de sang. J'ai eu envie de vomir. Pourquoi? me suis-je dit. Toutes ces vies sacrifiées... et après?

Nous sommes passés devant deux chars Churchill, abandonnés sur l'esplanade. Ils étaient coincés entre deux rambardes de béton. Tout ce que ces tanks avaient pu faire, c'était arpenter l'esplanade de long en large.

Ils auraient dû le savoir, me suis-je dit. Nous sommes passés par-dessus les rambardes et avons marché dans les rues de Dieppe, toujours les mains sur la tête. Des gens de la ville nous regardaient, l'air abattu, mais d'autres nous faisaient le « V » de la victoire avec leurs doigts. Un photographe boche prenait des clichés de nous. L'histoire de notre défaite va s'étaler en première page dans les journaux allemands, ai-je pensé.

Nous avons été regroupés dans l'enceinte de l'hôpital de Dieppe. Des hommes étaient couchés sur des civières, près des portes. Des religieuses et des médecins français s'activaient, visiblement dépassés par le nombre des blessés. Puis des camions sont arrivés et ont emmené des blessés vers d'autres hôpitaux. Tandis que nous attendions, assis sur la pelouse, des gardes sont arrivés et nous ont demandé de vider nos poches. Nous avons rouspété, mais j'ai fini par lancer mon carnet militaire et ma montre sur une pile de portefeuilles, de plumes, d'alliances, de canifs et de tabatières. Un jeune gars de Montréal a lancé une grenade sur le tas. Les gardes se sont vite mis à l'abri. Puis ils nous ont entendu rire et ils ont compris que la grenade n'était pas dégoupillée.

En fin d'après-midi, tous ceux qui pouvaient encore marcher ont été rassemblés en rangs, à l'extérieur de l'hôpital. Nous devions être environ six cents. Certains avaient une couverture sur les épaules. Plusieurs n'avaient pas de pantalon. Ceux qui n'avaient plus de bottes avaient enroulé leurs pieds dans des bouts de tissu. Nous nous sommes mis à avancer lentement, les mains sur la tête. Des gens de la ville ont tenté de nous donner des bouteilles d'eau ou de vin, mais les gardes les ont repoussés à coups de baïonnette.

Tandis que nous traversions le pont qui menait aux docks, j'ai vu un petit groupe des nôtres se diriger vers nous. Des hommes devant moi leur ont souhaité bonne chance. Quand ils ont été plus près, j'ai reconnu le lieutenant-colonel Catto, les mains sur la tête. Il était suivi par une douzaine de gars. L'un d'eux était soutenu par deux autres. Quand il a relevé la tête, j'ai reconnu Mac.

— Mac, Mac! ai-je crié. Est-ce que ça va?

— Salut, Allie! a-t-il répondu en me souriant de toutes ses dents blanches qui contrastaient avec son visage crasseux. Ça va, rien de grave. Juste une balle dans le pied, mais elle est passée au travers.

J'ai sorti le miroir de ma poche et je le lui ai montré.

– Ton miroir m'a sauvé, Mac! lui ai-je crié.

Mais il était déjà reparti. J'ai continué d'agiter le miroir comme un hochet, jusqu'au moment où j'ai senti quelque chose me piquer les côtes.

– *Komm!* m'a ordonné un garde d'un ton menaçant.

Je me suis remis en rang, plus loin vers l'arrière. Je me trouvais au milieu d'un groupe de Fusiliers Mont-Royal. L'un d'eux s'est mis à chanter la Marseillaise d'une belle voix claire.

– Allons enfants de la patrie! a-t-il commencé.

Des gars des Fusiliers l'ont suivi en chœur. J'ai chanté avec eux. Je me rappelais les paroles car Miss Carlton, mon professeur de français en dixième année, nous les avait apprises. Elle n'aurait jamais pu imaginer une scène pareille, me suis-je dit.

Un vieux Français nous a fait le salut militaire. D'autres au bord du chemin chantaient, les larmes aux yeux. Ils n'avaient pas entendu leur hymne national depuis plus de deux ans. Les gardes ont tenté de nous faire taire, mais nous les avons ignorés.

Aux limites de Dieppe, un fermier nous a apporté un bidon de lait et a commencé en nous en servir à la louche, mais un des gardes l'a renversé d'un coup de pied et a renvoyé l'homme.

Puis une vieille qui poussait une brouette de tomates a eu une meilleure idée. Elle a pris une tomate bien mûre et elle s'est mise à nous lancer des injures : « Crétins! Imbéciles! » criait-elle rageusement. Puis elle nous a lancé des tomates. Certains en ont attrapé et les ont fourrées dans leurs poches pour les manger plus tard. J'ai vu deux gardes hurler de rire, et l'un d'eux a tapoté l'épaule de la femme. Elle a souri, très fière d'avoir berné les Allemands.

Peu après, nous sommes arrivés en pleine campagne. Je regardais l'or des champs de blé dans le soleil couchant. J'entendais les oiseaux chanter dans les arbres. Je me suis senti comme emporté par une vague d'euphorie. J'étais vivant! Mac était en vie! Je ne m'étais jamais senti aussi vivant de toute ma vie. Vivant! J'entendais ce mot résonner dans ma tête à chaque pas : vi-vant, vi-vant, vi-vant!

Un soldat nu-pieds a brusquement interrompu ma rêverie. Il était tombé assis par terre parce que le gravier de la route s'enfonçait dans ses pieds couverts d'ampoules. Je me suis mis à genoux et je l'ai aidé à retirer les cailloux, puis je l'ai pris par-dessous son épaule. Tandis qu'il boitait à côté de moi, j'ai appris qu'il s'appelait Stan Darch et qu'il faisait partie des Riley de Hamilton. Il m'a raconté que son peloton avait réussi à entrer dans le casino sur la plage, et à en faire sortir les Allemands.

– Mais nous n'avons pas pu entrer dans la ville, a-t-il continué. C'était impossible. Ils nous tiraient dessus comme des fous.

– Nous aussi, ça été une boucherie, a dit un des gars des Fusiliers Mont-Royal, dans un anglais fortement teinté d'un accent français. Nous étions censés être la réserve. Mais l'état-major n'avait aucune idée de ce qui se passait vraiment. Alors ils nous ont envoyés. Quand nous sommes sortis du nuage de fumée, nous nous sommes retrouvés coincés sur la plage. Le premier qui bougeait était un homme mort!

Nous sommes passés devant un panneau qui indiquait qu'Envermeu était à 3 kilomètres.

– Envermeu, ai-je dit à Stan. Espérons que nous y passerons la nuit.

– Tu parles! a dit Stan. Leur plus bel hôtel nous attend les bras ouverts!

En descendant une côte vers Envermeu, nous avons découvert une scène incroyable, comme sortie d'un rêve. Une mariée en longue robe blanche et tenant un bouquet de fleurs se dirigeait vers nous. Le marié en habit de cérémonie se tenait à son côté. Ils étaient suivis par leurs invités, tous très bien habillés. Ils venaient de sortir de l'église du village, dont nous apercevions le clocher à travers les branches. Ils se sont arrêtés pour nous laisser passer, et nous leur avons adressé nos meilleurs vœux de bonheur. Des gars qui avaient quelques sous dans leurs poches les ont lancés à la mariée. « Tiens, mon cœur! Pour t'acheter un cadeau de mariage », ai-je entendu dire l'un d'eux.

Quand Stan et moi sommes passés devant eux, des invités ont regardé avec compassion les pieds ensanglantés de Stan. Soudain, j'ai vu un jeune homme avec une fleur à la boutonnière (je crois que c'était le témoin du marié). Il s'est penché, a délacé ses chaussures toutes neuves et les a tendues à Stan.

– Non, je ne peux pas… a commencé à dire Stan, interloqué.

Mais les gardes ont empoigné le témoin en chaussettes et l'ont chassé. Stan s'est accroupi sur le chemin et a enfilé les chaussures. Tandis qu'il les laçait, un garde est arrivé et lui a donné un coup de pied dans le derrière. Mais Stan s'en fichait. Quand il m'a rattrapé, il souriait de toutes ses dents.

– J'espère qu'ils ne vont pas embêter ce gars-là, a-t-il dit. C'était vraiment gentil de sa part.

Nous sommes entrés dans le village d'Envermeu et nous sommes arrêtés devant l'église où le mariage venait d'être célébré. Les officiers ont été regroupés à part, et j'ai vu le lieutenant-colonel Catto et les autres monter les marches de l'église où ils allaient passer la nuit. Puis on nous a emmenés hors du village; ça grognait et rouspétait dans nos rangs. Nous avons marché pendant quelques kilomètres, puis on nous a entassés à l'intérieur d'une briquèterie abandonnée. Ce n'était qu'un hangar construit sur de la terre battue, sans toilettes. Il y avait un robinet dehors. Nous tournions en rond là-dedans et nous ne nous gênions pas pour nous plaindre. Des blessés s'étaient effondrés d'épuisement, et nous trébuchions sur eux.

Soudain il y a eu un coup de sifflet, et une voix avec un accent britannique a crié:

– Attention! Silence s'il vous plaît!

Un homme plutôt petit se tenait debout, très droit, sur un tas de briques.

– Je suis le sergent-major Beesley, du Commando britannique n° 3, a-t-il déclaré. Nous devons mettre de l'ordre ici. Nous sommes des soldats et nous devons nous comporter comme tels.

L'ennemi ne doit pas nous voir anéantis par notre défaite. Tout le monde ici a combattu bravement dans des conditions impossibles. Nous avons été défaits, mais ce n'est pas notre faute.

On a entendu quelques applaudissements timides. Mais je voyais des gars lever les yeux au ciel, l'air de dire : « C'est qui, cet Anglais qui vient nous faire la leçon? » Puis Beesley a ordonné qu'une partie du sol soit dégagée pour y regrouper les blessés. Quand ils ont été installés, Beesley a recruté quelques gars pour leur apporter de l'eau dans leurs casques. Plus tard, quand des miches de pain noir nous ont été apportées, il a ordonné à des sergents de les rompre et de distribuer le pain en petites parts égales. Enfin, il nous a fait un discours sur les moyens de survivre en tant que prisonniers de guerre. Il a terminé en disant :

– Faites en sorte que l'ennemi vous respecte. Ensuite, quand l'heure sera venue, il vous craindra.

J'avais du mal à croire que les Allemands puissent me craindre un jour. Mais j'avais changé d'opinion au sujet de Beesley et j'étais content qu'il ait pris le commandement de notre troupe. C'était un meneur d'hommes, et nous avions besoin de quelqu'un comme lui.

Il faisait déjà nuit, et je me sentais à bout de forces. Étions-nous vraiment entassés dans notre péniche de débarquement ce matin-même, en route pour la plage Bleue? Ça me semblait très loin déjà. J'ai roulé ma veste en boule et je me suis étendu au pied d'un mur empoussiéré.

En quelques minutes j'ai sombré dans une bienfaisante inconscience.

CHAPITRE ONZE

VOYAGE EN CAPTIVITÉ

20 août 1942, 3 h du matin

Cet état de sommeil n'a pas duré bien longtemps. Je me suis réveillé en pleine nuit et j'avais mal partout. Le sol de terre battue était dur, j'avais des élancements dans les côtes et à l'intérieur de la poitrine. J'ai passé mes doigts sur mon côté et j'ai senti du pus couler de la blessure. Super! C'est infecté, me suis-je dit.

Puis j'ai entendu des gémissements monter du coin où étaient couchés les blessés, et je me suis senti coupable de m'en faire pour une simple égratignure. J'entendais quelques gars autour de moi qui étouffaient des sanglots. Étrangement, une image du lieutenant Whitman m'est venue à l'esprit, et je me suis mis à pleurer moi aussi. Pourquoi est-ce que je pleurais pour un homme que je n'avais jamais aimé? me suis-je demandé. Mes pleurs ont redoublé quand je me suis rappelé comment je m'amusais à l'appeler Twitman. Il avait des amis et de la famille chez nous, et ils allaient bientôt apprendre qu'ils ne le reverraient plus jamais. Pourquoi lui et pas moi? Pourquoi

Hartley, Smiler, Turnbull et presque tous les gars de notre peloton, et pas moi? Ils étaient de meilleurs soldats que moi. Et même de meilleurs *hommes*, bon sang!

J'étais presque soulagé de voir la lumière grise du petit matin entrer dans notre refuge poussiéreux. Les gardes nous ont réveillés en nous criant des ordres. On nous a distribué de l'eau et des petits bouts de pain noir. Juste après le lever du soleil, nous nous sommes remis en rangs sur la route de campagne. J'ai alors remarqué que les gars qui étaient nu-pieds la veille portaient désormais de drôles de chaussures. Un sergent des Fusiliers Mont-Royal avait passé la nuit à les fabriquer en les taillant dans des gilets de sauvetage de l'armée. Près de moi, un certain Norman de l'Essex Scottish, chaussé de ces souliers de fortune, marchait péniblement à cause de sa jambe blessée. Je lui ai offert de s'appuyer sur moi. En chemin, je lui ai dit que je croyais être un des rares gars de mon peloton à ne pas être mort ou blessé.

– J'ai entendu dire que les Royal ont été plus touchés que tous les autres régiments, a-t-il répliqué.

Je lui ai parlé du sentiment de culpabilité qui me tourmentait.

– De la culpabilité? m'a répondu Norman en me

regardant droit dans les yeux. Nous n'avons aucune raison de nous sentir coupables! Nous avons tous fait de notre mieux. C'est l'imbécile qui a planifié cette opération qui devrait se sentir coupable. Tu dois t'estimer chanceux! Chanceux, oui! Et puis… reconnaissant. Ouais, reconnaissant!

Nous sommes passés devant le portail d'une ferme, et deux fillettes ont accouru pour nous saluer avec le « V » de la victoire, avant de repartir en courant. Nous avons souri et, tout à coup, je me suis senti reconnaissant. Reconnaissant envers des hommes comme Norman. Reconnaissant pour le soleil matinal qui réchauffait mon visage. Reconnaissant pour être encore en vie, alors que tant d'autres étaient morts.

Toutefois, dans l'après-midi, le soleil que j'avais tant apprécié le matin a commencé à redescendre à l'horizon. Il faisait chaud et humide, nous marchions péniblement depuis des heures sans vraiment faire de pauses, et sans boire ni manger. Norman avait le visage rouge, et du pus coulait de sa jambe. J'ai touché son front et je me suis rendu compte qu'il était très fiévreux. Un autre gars est venu et a passé l'autre bras de Norman autour de ses épaules.

En fin d'après-midi, nous avons vu sur un panneau que Paris était seulement à 25 kilomètres.

J'ai toujours voulu aller à Paris, mais pas dans ces conditions, me suis-je dit. Quelques kilomètres plus loin, près d'un village appelé Verneulles, nous avons soudain aperçu notre destination : une vaste enceinte de barbelés, avec des baraques grises et sinistres au milieu. Tandis que nous approchions du portail, personne n'a dit un mot. À l'entrée, nous avons aperçu la silhouette lugubre d'une grande potence en bois.

– On dirait qu'ils ont prévu de nous faire porter la cravate pour une petite fête, a ironisé un gars du Calgary Tanks Regiment.

Personne n'a ri. Nous avions entendu parler des nazis qui exécutaient les prisonniers de guerre.

Une fois dans l'enceinte, j'ai emmené Norman au bout d'une longue file de blessés qui s'était formée devant l'infirmerie. Je l'ai assis par terre, dans la file. Les gardes m'ont alors fait signe de me rendre devant une autre baraque grise. Quand j'y suis entré, il y avait déjà foule. Il n'y avait pas de lits, et les hommes étaient étendus par terre. Il n'y avait pas de couvertures non plus.

– Je suppose que les organisateurs n'attendaient pas autant de monde, a dit Fred, un autre gars des Riley.

Mais personne n'a souri.

Un peu plus tard, deux gardes sont arrivés

avec un chaudron de soupe aux choux et quelques miches de pain noir. Nous n'avions pas d'ustensiles. Certains ont bu leur soupe dans un casque de métal. Un ou deux autres ont utilisé une botte. Un type près de moi avait trouvé une vieille boîte de conserve. J'ai attendu qu'il ait terminé sa soupe et je la lui ai empruntée. La soupe était claire et avait un goût rance. Il y avait du sable au fond du chaudron. J'ai lentement grignoté mon bout de pain noir, en espérant chasser le goût de la soupe. Ensuite j'ai mal dormi, couché directement sur le plancher. Trois hommes sont morts durant la nuit.

Le lendemain matin, nous avons reçu un autre chaudron de soupe claire avec un morceau de pain noir, et même chose le soir. Tout le monde mourait de faim. Vers le milieu de l'avant-midi, j'ai vu Norman qui faisait la queue devant l'infirmerie. On avait désinfecté la plaie de sa jambe et on lui avait fait un bandage de papier, mais il attendait encore de voir un docteur. Quand je lui ai parlé, il était très calme, et il m'a dit que trois secouristes canadiens et un médecin allemand travaillaient vingt-quatre heures sur vingt-quatre.

– Ils vont s'occuper de moi, a-t-il dit calmement.

J'ai réussi à me procurer du désinfectant et un bandage de papier pour l'éraflure que j'avais sur le côté. Le lendemain, elle a arrêté de suinter.

Puis Mac est arrivé au camp en sautillant sur un pied. On l'avait envoyé à l'hôpital de Rouen pour se faire soigner, avant de lui faire prendre le train pour Verneulles avec quelques autres blessés.

Je n'ai jamais été aussi heureux de revoir quelqu'un de toute ma vie. J'ai couru vers lui, et nous nous sommes serrés dans les bras. J'ai pleuré sans aucune honte, et lui aussi.

– Désolé, Allie. C'est ma faute, a-t-il dit d'une voix rauque. C'est moi qui t'ai embarqué là-dedans.

– Non, non! ai-je répliqué. Ce n'est pas toi qui as planifié cette opération. C'est un imbécile de Britannique!

Nous avons ri tous les deux, et Mac m'a montré la balle qui était passée à travers son pied et qui était restée fichée dans sa botte. Il l'avait gardée en souvenir. J'ai alors sorti le miroir de ma poche, fermé comme un poing, avec l'éclat d'obus au milieu.

– C'était donc ça! a-t-il dit en souriant. Je me demandais ce que tu essayais de me montrer à bout de bras.

Puis il a jeté un coup d'œil au gars qui attendait à côté de lui, le bras dans un sale état.

– Écoute, Allie, a dit Mac. On en reparlera plus tard. Je dois m'occuper de mon ami Cecil, ici, qui doit voir un docteur.

Cecil Towler occupait le lit voisin de celui de Mac à l'hôpital de Rouen. La veille au soir, avant de partir, des docteurs avaient fait la tournée des salles et avaient décidé quels patients devaient partir ou rester. Mac avait reçu son congé, mais Cecil devait rester. Puis Cecil avait appris que son bras devait être amputé le lendemain. Très tôt le lendemain matin, avec l'aide de Mac, Cecil s'était levé, mis en ligne avec les autres blessés qui sortaient de l'hôpital et avait pris le train sans que personne ne s'en aperçoive.

J'ai pu trouver de la place pour Mac dans la baraque où j'étais installé. En demandant aux uns et aux autres, j'ai réussi à trouver de vieilles poches et j'en ai fait un coussin pour surélever le pied de Mac. Il m'a dit que c'était inutile d'en faire autant puisque aucun os important n'avait été brisé et que ça guérissait bien.

Par la suite, il m'a raconté ce qui lui était arrivé sur la plage Bleue. Pendant qu'on tirait sur notre péniche de débarquement, il avait sauté par-dessus bord et s'était retrouvé avec de l'eau par-dessus la tête. Son Bren avait coulé au fond de l'eau et il avait tout fait pour le récupérer. En s'avançant vers la plage, lui aussi était tombé sur Smiler appuyé contre la péniche. Il avait essayé de le tirer jusqu'à la plage, mais Smiler souffrait trop. Il avait supplié Mac de le laisser là.

Puis Mac avait vu Hartley étendu sur la plage. Il s'était plaqué à terre, juste à côté de lui. Il avait essayé de tirer avec son Bren, qui était enrayé à cause de l'eau de mer. Quand Hartley avait vu les gars de la seconde vague arriver, il avait envoyé Mac les rejoindre. Mac avait couru à toute vitesse sur la plage. Au passage, il avait attrapé le Tommy d'un soldat mort. Puis il avait aperçu Catto à la tête d'une poignée d'hommes, fonçant vers la digue. Il avait décidé de les suivre, et avait aidé deux hommes qui voulaient grimper pour aller couper les barbelés.

Il m'a décrit avec admiration Stewart, un lieutenant furieux qui avait grimpé sur la digue pour les couvrir.

– Il était là à tirer avec son Bren, a dit Mac. Comment se fait-il qu'il n'ait pas été abattu? Je ne le saurai jamais. Il n'arrêtait pas de crier pour avoir d'autres munitions. Alors j'ai cherché autour, sur la plage, et je lui ai lancé des cartouches de Bren. Quand il a été touché aux jambes, il est resté là, debout, et il a continué de tirer en jurant.

Mac avait été un des derniers à escalader la digue et à se faufiler à travers les barbelés. C'était là qu'une balle avait ricoché sur le mur de la digue et avait transpercé son pied. Il avait quand même réussi à traverser les barbelés et à ramper dans la ravine. Plus loin devant, il pouvait entendre des cris et des coups de feu. Des Allemands installés dans une des maisons d'été, sur la falaise, tiraient à la mitrailleuse. Mac avait rejoint les gars cachés contre les murs de la maison. Un lieutenant du nom de Ryerson et deux autres gars étaient passés à l'attaque et avec leurs Sten, ils avaient tué trois Allemands. Puis ils étaient partis en courant pour nettoyer d'autres maisons d'été sur la falaise, mais toutes étaient vides.

Le lieutenant Ryerson avait ensuite été envoyé en éclaireur sur la route de Puys. Il était vite revenu pour avertir qu'une patrouille allemande venait dans leur direction. Catto avait alors pris ses hommes (une vingtaine environ) et les avait entraînés vers l'ouest, en direction de Dieppe, dans l'espoir de rejoindre comme prévu l'Essex Scottish sur le promontoire à l'est. Une fois près de la batterie Rommel, ils pouvaient entendre les gros canons qui tiraient sur la plage, en contrebas. Catto savait qu'il n'avait ni les hommes ni les armes nécessaires pour attaquer la batterie. Ils s'étaient donc mis à l'abri dans les bois environnants et avaient attendu. Mac avait alors eu une minute pour jeter un coup d'œil à son pied qui saignait et avait trouvé la balle dans sa botte. En voyant le reste des Royal les mains en l'air, Catto avait su qu'il n'y avait plus d'espoir. N'ayant aucune possibilité de s'échapper, ils s'étaient rendus aux Allemands plus tard dans l'après-midi.

D'autres gars du camp de Verneulles ont aussi raconté ce qui leur était arrivé à Dieppe. Ça nous aidait à passer le temps durant notre triste séjour.

Au bout de trois jours, nous avions tellement faim que des gars se sont mis à ramasser des mauvaises herbes et du gazon pour mettre dans notre soupe et la rendre un peu plus nourrissante.

Ce soir-là, un soldat des Fusiliers Mont-Royal est venu nous voir, Mac et moi.

– Pour vous, a-t-il dit en français, en nous tendant une boîte de conserve de viande et deux pommes.

Nous l'avons tous les deux regardé, l'air étonné.

– Nous sommes tous Canadiens. Nous avons bien combattu ensemble, a-t-il continué.

– Merci, mon ami! lui ai-je répondu.

C'est tout ce que je suis arrivé à lui dire avec le peu de français que j'avais appris à l'école secondaire. Mais j'avais compris ce qu'il m'avait dit et je l'ai répété à Mac.

– Des Canadiens qui ont bien combattu ensemble, a-t-il répété. Ouais, c'est bien nous!

Par la suite, nous avons appris que des représentants du gouvernement français qui collaboraient avec les nazis avaient apporté des rations supplémentaires au camp, pour les prisonniers francophones qu'ils considéraient comme des Français plutôt que comme des Canadiens. Les Allemands ont trouvé que c'était un bon moyen de semer la discorde parmi nous. Les soldats des Fusiliers Mont-Royal ont accepté les rations, mais ils ont décidé de les partager avec tous les autres prisonniers.

Je n'ai jamais mangé une pomme aussi délicieuse!

Au bout de cinq jours, nous avons été conduits à pied à la gare de Verneulles. Là, on nous a donné à chacun une miche de pain noir et une petite boîte de pâté à partager à deux ou trois.

— Pour chaque fugitif, dix hommes seront fusillés, nous a hurlé un officier allemand tandis qu'on nous menait vers les wagons de marchandises en bois.

— Pff! C'est du bluff, a murmuré Mac que je soutenais par l'épaule.

Je n'en étais pas convaincu.

Les soldats allemands nous piquaient les flancs avec leurs baïonnettes et criaient *Schnell! Schnell!* pour nous faire avancer vers le train, avec des centaines d'autres prisonniers. En passant, j'ai vu, écrit à la craie sur le côté d'un wagon : ZWEIT VERDERSEITE KAPUTT, qui signifie « le 2e front de Churchill a échoué ». Quand j'ai été plus près, j'ai aussi pu lire GANGSTERSCHWEIN (cochons de bandits) et d'autres insultes du même genre. Plus loin, soigneusement inscrit en français sur chacun des wagons, on pouvait lire : 40 hommes, 8 chevaux.

– Super! ai-je dit à Mac. Les wagons sont faits pour quarante hommes ou huit chevaux!

Une fois montés dans notre wagon, nous avons découvert que nous étions au moins cinquante. Avec les blessés couchés sur des civières, nous étions si serrés qu'il fallait rester debout ou accroupis. Le plancher était couvert de vieille paille pleine de fumier. De la paille flottait à la surface du bidon qui contenait notre réserve d'eau à boire et aussi dans le seau de bois qui devait nous servir de toilette. L'odeur était déjà insupportable. Avec la chaleur du mois d'août, je savais qu'elle ne ferait qu'empirer.

La seule source d'air frais était une petite ouverture munie de barreaux d'acier et de fils de fer barbelés à l'extérieur. Mac et moi avons tenté de nous frayer un passage jusque-là. Puis le train a démarré, et nous avons bientôt senti un petit vent par l'ouverture.

– Je parie qu'on pourrait arriver à écarter les barreaux de cette fenêtre, a dit Mac.

– Bien sûr! Comme Superman, ai-je répliqué.

Durant notre entraînement, on nous avait expliqué que le devoir de tout prisonnier de guerre était de tenter de s'évader. Mais sauter d'un train en marche ne me semblait pas très brillant.

– Pas question que je sois leur prisonnier, a dit Mac. Cette guerre peut durer encore des années!

– Tu as raison, mon vieux, a dit un commando britannique installé tout près. Ils nous emmènent en Allemagne. Si nous voulons nous évader, c'est maintenant ou jamais, en France.

Mac a rampé jusqu'à lui, et je pouvais les entendre discuter avec passion de plans d'évasion. La plupart des soldats qui nous entouraient étaient des francophones des Fusiliers Mont-Royal, qui ne se rendaient peut-être pas compte de ce qui se tramait. Tant mieux, me suis-je dit, car Mac et son nouveau copain pouvaient tous nous faire fusiller.

Quand la nuit est tombée, deux ou trois commandos britanniques se sont mis à tirer sur les barreaux de la fenêtre. À ma grande surprise, ils ont réussi à les écarter un peu. Puis ils ont passé le bras à l'extérieur et ont arraché les barbelés.

– Je pars avec eux, Allie, m'a dit Mac qui était

revenu à côté de moi.

– Mac, ne fais pas ça! Les Boches vont te tuer! ai-je murmuré.

– Jamais de la vie! a-t-il répliqué.

– Tu ne sais même pas parler français, ai-je dit. Et puis, avec ton pied, tu penses que tu vas pouvoir traverser toute la France en *boitant*?

Un des commandos est venu dire à Mac qu'un gars de petite taille pensait pouvoir se glisser à travers les barreaux. Peu après, j'ai vu la tête et les épaules de ce soldat disparaître par la fenêtre. Puis, avec ses pieds nus et ses mains, il s'est accroché à la paroi du wagon qui ballotait sur les rails et s'est mis à avancer lentement. Un silence de mort régnait à l'intérieur du wagon. Au bout de quelques minutes, nous avons entendu un petit coup frappé à la porte. Des prisonniers l'ont fait coulisser, et le gars s'est laissé tomber à l'intérieur, un sourire jusqu'aux oreilles. Il avait réussi à briser le cadenas avec un bout de tuyau qu'il avait ramassé à la gare et qu'il avait caché dans son pantalon. Le courage de ce petit homme audacieux m'a secoué et donné du cœur au ventre.

– Si tu y vas, je passe avant toi, ai-je murmuré à Mac entre mes dents. Tu auras besoin que quelqu'un t'attrape.

Nous nous sommes rapprochés de la porte

ouverte en rampant. Dehors, je voyais un champ de blé éclairé par la lune. Je me suis dit que c'était magnifique. Mais j'ai aussitôt vu que ça ne nous offrirait pas une bonne couverture. Mon cœur s'est mis à battre très fort. Pour la seconde fois en une semaine, je réalisais que je pouvais me faire tuer à tout moment. Les Allemands avaient posté un soldat avec une mitrailleuse sur un toit de wagon sur deux. Le côté du train où se trouvait notre porte ouverte était à ce moment-là plongé dans l'ombre, mais dès que nous aurions sauté, nous serions des cibles faciles.

On a ouvert la porte un peu plus grand, et un homme a aussitôt glissé ses jambes à l'extérieur, les pieds pendants, juste au-dessus des traverses de chemin de fer. Mac et moi nous sommes approchés de la porte. Alors, je me suis préparé à faire une roulade dans le champ, les bras repliés sur ma tête. Mon plan était de rattraper Mac quand il aurait sauté et de le tirer vers un lieu sûr.

– Restez dans le wagon! Vous allez nous faire fusiller! a dit une grosse voix, dans l'ombre.

D'autres gars ont crié :

– Non, non! On y va!

Et ils ont commencé à lacer leurs bottes.

En approchant d'une courbe, le train a ralenti. Dans un instant, notre porte ouverte allait être visible depuis les toits. Soudain nous avons entendu un cri suivi du *ra-ta-ta* d'une mitrailleuse. Le gars assis dans notre porte s'est aussitôt jeté à l'intérieur, par-dessus nous tous. La porte a vite été refermée.

Je me suis appuyé le dos contre la paroi du wagon, le cœur battant à tout rompre. Il ne nous restait plus aucune chance de nous évader de notre wagon, maintenant. Les Allemands nous verraient. Mais j'étais en vie! Mac était vivant! Le camp de prisonniers était peut-être l'enfer, mais nous pouvions y survivre. Je me suis soudain senti emporté par une grande vague de joie. J'adorais le petit rayon de lune qui passait par les barreaux écartés de la fenêtre. J'adorais le bruit rythmé du train, et je me suis mis à répéter en moi-même, en cadence : Vi-vant… vi-vant… vi-vant…

CHAPITRE 12

LE *STALAG VIIIB*
30 août 1942, 12 h

Après un concert de crissements de roues, le train s'est finalement arrêté. J'ai entendu le claquement des portes qu'on ouvrait. Étions-nous vraiment arrivés? Après avoir passé cinq jours entassé avec les autres dans un wagon puant, je m'en fichais presque. Puis notre porte s'est ouverte, et un rayon de soleil a éclairé le plancher crasseux du wagon.

– *Aufstehen!* a crié un garde.

Le soleil nous faisait cligner des yeux et nous avions désespérément faim. Nous nous sommes levés lentement.

– *Raus! Raus! Schnell!* a crié encore plus fort un autre garde, en nous faisant signe de descendre.

Quelqu'un près de moi a dit :

— Sortons les blessés en premier.

Des gars ont commencé à déplacer vers la porte les quatre soldats allongés sur des civières. Le voyage ne les avait pas aidés. Ils auraient dû être dans des lits d'hôpital avec des draps propres, et non pas dans un wagon de marchandises sombre et crasseux. L'un d'eux était très pâle et presque inanimé.

Sur le quai, une enseigne portait le nom de LAMSDORF. Mon cœur s'est serré. Un commando anglais de notre wagon avait dit qu'on nous conduisait probablement au *Stalag VIIIB*, près de Lamsdorf. Il avait dit que c'était le plus grand camp de prisonniers de guerre, au fin fond de l'Allemagne, près de la frontière tchèque. Sur l'autre voie de chemin de fer, des prisonniers habillés en loques déchargeaient des sacs d'un train. Mon cœur s'est serré encore plus fort. Ils ressemblaient à des squelettes avec des barbes. Puis j'ai vu un garde brandir un fouet et frapper l'un d'eux.

Était-ce ce qui nous attendait?

— Des Russes, ai-je entendu un commando dire derrière moi. Les Boches les utilisent comme esclaves.

— Qu'ils essaient seulement de me fouetter! a grommelé un gars des Royal.

Devant la gare, le sergent-major Beesley s'occupait de rassembler des hommes pour transporter les blessés. Il faisait fi des cris des gardes. Il nous a ordonné de nous placer à la file, derrière les civières. Sur la route, à la sortie du village, nous avons vu des cerisiers chargés de fruits mûrs. Je me suis mis à saliver. Mais les gardes ont aussitôt pointé leurs fusils en direction des arbres, puis vers nous, pour nous faire comprendre que le premier qui essaierait de cueillir des cerises serait fusillé.

Quand les miradors du *Stalag VIIIB* ont été en vue, Beesley nous a ordonné d'arrêter de marcher en une seule file et de nous replacer en rangées de trois. Puis, dans sa plus belle voix de chef de manœuvres, il a crié :

— Compagnie! Gauche! En avant… Marche!

Nous avons avancé, le dos bien droit et les bras en cadence. Certains n'avaient ni chaussures ni pantalons. D'autres boitaient, comme Mac, ou, comme Norman, avançaient péniblement avec des béquilles de fortune. Mais nous marchions fièrement, la tête haute. Les gardes n'en croyaient pas leurs yeux : des vaincus ne se comportent pas comme ça!

Puis nous avons entendu les cris d'une foule, comme ceux qu'on entend dans un stade de baseball après un coup de circuit. En approchant du camp, nous avons vu des centaines et des centaines de prisonniers britanniques, debout derrière la clôture métallique, qui nous faisaient signe et poussaient des cris de joie. En approchant de la grande porte, nos soldats des premiers rangs ont entonné un vieux chant militaire de la Première Guerre :

V'là les Canadiens, v'là les Canadiens!
Résonnez tambours, résonnez tambours!

Les prisonniers britanniques ont crié pour montrer leur approbation. Quelques-uns ont même crié : « Sacrés Canadiens! » Par la suite, j'ai appris que la plupart d'entre eux étaient prisonniers depuis juin 1940, quand les armées d'Hitler avaient envahi la France et piégé les forces britanniques sur la côte de la Manche, à Dunkerque. Des bateaux avaient aussitôt pris la mer et secouru des milliers de soldats britanniques coincés là-bas. Mais d'autres n'avaient pas pu être sauvés et ils étaient dans ce camp de prisonniers depuis deux ans. Ils étaient très contents de nous voir. Le simple fait de savoir qu'une attaque avait été lancée contre l'Europe d'Hitler leur redonnait espoir.

Les Allemands nous ont vite calmés. Une fois passée la grande porte du camp, ils nous ont fait faire la queue pendant des heures sous le soleil écrasant de l'après-midi. D'abord, ils nous ont fouillés et comptés, puis recomptés. Ensuite, ils nous ont photographiés et nous ont donné une rondelle brune avec, inscrit dessus, notre numéro de *Kriegsgefangener*. J'étais le prisonnier de guerre numéro 26216. Enfin, ils nous ont fait passer une seconde porte et nous ont encore recomptés.

Le camp était entouré de deux hautes clôtures de barbelés. Entre elles se trouvait un espace de deux mètres rempli de rouleaux de barbelés garnis de pointes. À l'intérieur de la deuxième enceinte, un fil placé à hauteur de genou faisait tout le tour : quiconque le franchirait serait tué sur le champ. Des gardes armés de mitrailleuses surveillaient constamment le camp du haut des miradors. Mon cœur s'est serré, en pensant à ceux qui tenteraient de s'échapper.

Après des heures sous le soleil, sans rien à manger, des gars ont commencé à faiblir. Mac s'est mis à chanceler sur sa seule jambe valide, et je l'ai rattrapé par le bras. Puis les blessés sur des civières ont été emmenés à l'infirmerie, accompagnés de nos trois secouristes. Ensuite, un groupe de prisonniers britanniques s'est approché des barbelés. Ils ont parlé avec un des gardes, et la porte s'est ouverte. Ils se sont dirigés vers nous. Ils transportaient des seaux remplis de soupe (leur ration du midi) qu'ils venaient nous offrir. C'était de la soupe claire aux choux, comme celle qu'on nous avait donnée à Verneulles, avec du sable et des vers de terre dedans. Mais pour des hommes affamés, c'était une bénédiction. Il n'y avait pas de cuillères. J'ai donc bu ma soupe dans une botte.

Après notre maigre repas, la troisième porte a été ouverte. Nous sommes passés devant les longues baraques en bois des prisonniers britanniques et nous avons marché jusqu'à une section à l'écart, au fond du camp. Une autre barrière s'est ouverte. Devant nous se trouvaient quatre bâtiments de bois, longs et bas, avec de petites fenêtres et une porte à chaque bout. Chacun avait des douches au centre et une salle commune, appelée « baraque », de chaque côté. Mac et moi avons été placés dans la même baraque, la 19B, et j'en étais bien content. La baraque 19A était de l'autre côté de nos douches. Trois autres bâtiments s'alignaient derrière le nôtre, et les latrines pour toute notre section étaient situées derrière le dernier. Chaque baraque possédait une soixantaine de couchettes. Quand nous sommes entrés dans la 19B, les gars se sont vite choisi une des couchettes à trois étages alignées le long des murs.

— Va nous réserver deux couchettes, m'a dit Mac qui boitait affreusement.

En jouant des coudes, je me suis frayé un passage à travers la salle et je me suis placé devant une couchette. Il n'y avait pas de matelas. Seulement quelques lattes de bois au fond de chaque lit.

– Hé! Sur quoi on va dormir? a crié quelqu'un.

– Tu dois remplir toi-même ta paillasse, a dit Bill Lee, le sergent-major responsable de notre baraque. Il y a des sacs et de la paille dehors, sur le terrain de manœuvres.

J'ai laissé Mac à côté de nos deux couchettes et je suis sorti sur le terrain de manœuvres devant nos baraquements, qui n'était qu'un espace de terre battue rempli de mauvaises herbes. J'ai pris deux sacs de toile et je les ai remplis de paille.

– Ouah! La paille est propre! ai-je entendu dire un gars.

Quel soulagement! La paille souillée des wagons était si pleine de puces que nous étions couverts de piqûres qui nous démangeaient. J'ai apporté les deux paillasses là où Mac m'attendait. Je voulais qu'il prenne la couchette du bas, à cause de son pied, mais il m'a fait signe que non et il a sauté sur celle du milieu. Sa paillasse pendouillait par les fentes entre les lattes, juste au-dessus de ma tête. Puis un grand type du South Saskatchewan Regiment est arrivé et a installé sa paillasse sur la couchette du haut, au troisième étage.

Mac et moi étions tous les deux épuisés. Nous avons fermé les yeux, mais il y avait trop de brouhaha pour arriver à dormir.

– Je tuerais pour une douche chaude, a dit Mac.

– J'ai entendu dire que des gars se sont fait donner du savon par les Anglais, a dit de sa grosse voix Big Jim, le gars du South Saskatchewan couché en haut.

Je me suis levé et je suis allé dans les douches. C'était une salle vide, avec un long bassin de tôle au centre et une douzaine de robinets d'eau froide au-dessus. Devant chaque robinet, un homme nu se lavait. Je suis retourné chercher Mac. Je l'ai aidé à descendre de sa couchette et nous sommes allés faire la queue devant le bassin. Il n'y avait que quelques savonnettes à se partager. Il fallait donc en tirer le meilleur parti possible. Quand notre tour est arrivé, nous avons posé nos bas, nos chemises et nos sous-vêtements dans le fond du bassin. Nous avons mis nos têtes sous les robinets, nous nous sommes lavé les cheveux et nous avons passé la savonnette au gars suivant. Avec la mousse de nos cheveux, nous nous sommes lavé le corps en nous servant de nos chemises comme débarbouillettes. Puis la mousse dans le bassin a servi pour nos bas, nos sous-vêtements et nos chemises. Ensuite, avec un vieux rasoir de sûreté emprunté aux prisonniers britanniques, nous nous sommes attaqués à nos barbes de dix jours. Mac avait une grosse barbe noire. La mienne, plus clairsemée, tirait sur le roux. Enfin, nous avons suspendu nos vêtements au bout de nos couchettes pour les faire sécher. Je me suis enroulé dans la couverture grise et rêche que chacun de nous avait reçue et je me suis étendu sur la paillasse qui crissait sous mon poids.

– Je n'ai jamais été si content d'être propre! ai-je dit à Mac.

Mais seuls m'ont répondu des bruits de respiration et quelques ronflements de satisfaction.

– *Achtung! Achtung! Alle Männer nach draussen zum Appell!*

Dans le haut-parleur, la voix dure répétait le mot *Appell*. Je ne m'en suis pas occupé. Je rêvais que j'étais chez moi, dans mon lit, et que ma mère avait mis la radio trop fort au rez-de-chaussée. J'ai finalement ouvert les yeux et j'ai vu des gars descendre de leur couchette. Nous ne savions pas ce que voulait dire *Appell*, mais nous allions bientôt l'apprendre. Soudain, la porte de la 19B s'est ouverte et deux gardes se sont précipités à l'intérieur, suivis d'un petit homme en uniforme, à la voix haut perchée et nasillarde.

– *Raus! Raus!* a-t-il hurlé en faisant le tour des couchettes et en nous poussant dehors.

Je me suis dit qu'*Appell* signifiait sans doute

« appel », comme en français. Effectivement, le petit homme a fait signe aux gardes d'enfoncer les canons de leurs fusils dans les côtes de tous ceux qui étaient encore couchés.

Nous venions de faire connaissance avec Spitfire, le garde en chef ou *Blockführer*, de notre section. Il avait toujours l'air furieux et, chaque fois qu'il ouvrait la bouche, il semblait cracher du feu. D'où le surnom Spitfire. Tandis que nous nous rassemblions sur le terrain de manœuvres, Spitfire continuait de crier : «*Alle in Fünferreihen!*» Comme nous ne comprenions pas, nous n'avons pas bougé. Des gardes nous ont montré le chiffre cinq avec leurs doigts pour nous faire comprendre qu'ils voulaient que nous nous regroupions cinq par cinq.

– OK, les gars, a finalement dit Beesley. En rang, par cinq!

Nous nous sommes placés en prenant notre temps.

Spitfire faisait la tête parce que nous obéissions aux ordres de Beesley et pas aux siens. Il s'est mis à nous compter, mais en prenant tout son temps. Il faisait semblant d'avoir perdu le compte et recommençait. Au bout d'un moment, il est parti en nous laissant plantés là. Puis il est revenu et a recommencé à nous compter.

— Un vrai petit Napoléon! ai-je entendu murmurer un gars à l'accent britannique.

— Un vrai petit minable, ouais! a répliqué un Canadien.

Ce premier matin, l'appel a bien duré plus d'une heure. En plein hiver, parfois, Spitfire nous laissait plantés debout très longtemps, selon son humeur. Tous les jours, la routine était la même. Les haut-parleurs dans la cour nous ordonnaient de nous rassembler sur le terrain de manœuvres. Une fois l'*Appell* terminé, deux hommes de chaque baraque se rendaient à la cantine, en dehors de notre section, et rapportaient des *Kübels* de thé à la menthe. Un *Kübel* était une espèce de grosse poubelle de tôle qu'on transportait en passant un manche dans chacune de ses poignées. Le matin, ils étaient généralement remplis d'un liquide verdâtre que nous appelions thé à la menthe, même s'il n'y avait pas vraiment de menthe. Parfois nous avions du faux café fait avec de l'orge grillée, qui était tout aussi mauvais. La plupart des gars utilisaient le thé pour se raser, car c'était la seule eau chaude que nous avions. Nous recevions aussi une ration journalière de pain noir : une miche pour dix. Tous les couteaux ayant été confisqués, couper le pain se révélait problématique. Un gars du Calgary Tanks Regiment avait réussi à affiler une vieille penture et était devenu expert à couper les miches en tranches d'exactement 2 centimètres d'épaisseur. Nous étions affamés, et chaque miette comptait. Nous avions parfois de la fausse confiture faite avec de la betterave. La consistance comme le goût rappelaient plutôt une sorte de colle rose. Le dimanche, il arrivait qu'on nous donne une tranche de saucisson ou un morceau de fromage qui puait le poisson.

Les *Kübels* revenaient le midi, cette fois remplis d'une soupe claire ou de patates bouillies. Si c'était des patates, chacun avait droit à deux petites ou une moyenne. Et c'était tout pour la journée. Encore un autre *Appell* avant la nuit, puis nous allions nous coucher le ventre creux. J'avais tout le temps faim. Je pensais tout le temps à manger, aux rôtis du dimanche de ma mère, aux fèves au lard sur du pain grillé ou à des scones chauds avec de la crème fraîche et de la confiture.

La faim était une des constantes de la vie de prisonnier de guerre, l'ennui en était une autre. Les jours se succédaient dans un ennui profond. Mac passait le plus clair de son temps à jouer aux cartes. Il était bon au bridge et au poker, et la petite pile de cigarettes devant lui en était la preuve. Les cigarettes étaient notre monnaie d'échange. Elles nous servaient à faire du troc ou à soudoyer les gardes.

Je ne m'intéressais pas aux cartes, je rêvais de pouvoir lire un livre. Un jour, je me suis rendu jusqu'à la section des Britanniques avec des cigarettes que Mac m'avait données. J'espérais pouvoir les échanger contre un livre. Mais personne n'en avait. On m'a dit que des soldats recevaient à l'occasion des livres d'Angleterre par la poste, mais qu'ils étaient aussitôt utilisés comme papier de toilette. Je m'étais habitué à utiliser ma main, puis à la nettoyer en la frottant sur le sol sablonneux du terrain de manœuvres. Je comprenais donc la valeur du papier!

* * *

Quelques jours après notre arrivée au *Stalag VIIIB*, Harry Beesley nous a rappelé que chaque prisonnier avait le devoir de tenter de s'évader. L'idée de creuser un tunnel a plu à tout le monde, surtout à Mac. Notre baraque a été choisie comme point de départ du tunnel parce qu'elle était la plus proche de la clôture. Bill Lee appartenait au corps d'ingénieurs de l'armée canadienne, il était donc la personne idéale pour prendre en charge le creusage d'un passage souterrain. À la mi-septembre, Sidney Cleasby, un mineur costaud originaire de Timmins, l'a aidé à découper un carré dans le plancher de béton, sous une couchette près du mur. Ils ont utilisé une scie soigneusement bricolée avec un morceau de tôle chapardée. Quand la dalle de béton a été découpée, puis retirée, nous nous sommes mis à travailler à tour de rôle pour retirer la terre sous le plancher avec des boîtes de conserve. Des gars postés à la porte et aux fenêtres étaient chargés de surveiller les garde-chiourmes. La moindre trace de terre nous aurait trahis. Nous en remplissions donc des sacs que nous avions bricolés et la nuit, nous les vidions dans les latrines. Les prisonniers russes, dont le sale boulot était de vider le « saint trou » sous les latrines, ont peut-être remarqué ces apports de terre, mais ils ne l'ont jamais rapporté aux Allemands.

Au cours de notre troisième semaine au camp, une pile de boîtes en carton a été déposée devant le portail. La nouvelle s'est répandue comme une traînée de poudre : les colis de la Croix-Rouge étaient arrivés! Nous nous sommes massés près de la clôture, fous d'excitation. Enfin de la vraie nourriture! Beesley s'est frayé un passage à coups de coude parmi nous et a pris le commandement pour la distribution des boîtes. Il a déclaré qu'au lieu d'une boîte par soldat, comme prévu par la Croix-Rouge, nous n'aurions qu'une boîte pour quatre. Nous avons tous rouspété, mais nous savions qu'il fallait accepter de partager une boîte à plusieurs. Durant notre première semaine au camp déjà, nous nous étions répartis en groupes de quatre ou six qui devaient mettre en commun toute nourriture reçue ou chapardée. Mac et moi formions un groupe avec Big Jim, de la couchette du haut, et un gars du Queen's Own Cameron de Winnipeg.

Nous nous sommes assis tous les quatre sur ma couchette et nous avons délicatement ouvert la boîte de la Croix-Rouge. Même un présent, le matin de Noël quand j'étais enfant, n'a jamais été attendu avec autant d'impatience. Nous en avons retiré une grande boîte de lait en poudre Klim, puis une boîte de beurre et une autre de sucre, des sachets de thé, des raisins secs, des œufs en poudre, des biscuits, des boîtes de sardines, du chocolat en poudre, du pouding et des conserves de légumes. Il y avait aussi une savonnette, une grosse barre de chocolat et cinquante cigarettes. Comme aucun de nous quatre ne fumait, elles nous ont servi de monnaie d'échange. Nous n'étions pas des buveurs de thé non plus : nous avons immédiatement échangé nos sachets contre du chocolat en poudre. Tout a été réparti équitablement entre nous quatre. J'ai vite rangé mon trésor sous ma couchette. Inutile de se méfier des voleurs : le code d'honneur des prisonniers de guerre interdisait qu'on vole la nourriture d'un autre, même si on mourait de faim.

De tout ce que contenait le colis de la Croix-Rouge, rien n'a été perdu. Wilfred vous fabriquait un bol à soupe en fixant une anse en fil de fer à une boîte de sardines, et il vous patentait une tasse avec une boîte de conserve plus grosse. Et nous nous servions des boîtes en carton vides pour nous débarrasser de la terre sablonneuse que nous retirions du tunnel. Nous marchions dans la cour et laissions tomber la terre de nos cartons à chaque pas, puis nous l'éparpillions avec nos bottes. Quand les garde-chiourmes nous voyaient avec nos boîtes, ils croyaient qu'elles nous servaient à conserver notre nourriture ou à faire du troc.

Les soirées qui ont suivi l'arrivée des colis de la Croix-Rouge ont été merveilleuses. Le premier soir, je me rappelle avoir dégusté un chocolat chaud tout en bavardant avec un gars des Fusiliers Mont-Royal qui m'aidait à améliorer mon français appris à l'école. J'ai jeté un coup d'œil du côté du cercle enfumé des joueurs de poker qui entouraient Mac et, à voir la pile de cigarettes devant lui, j'ai su qu'il était le grand gagnant. Avoir l'estomac plein me procurait un sentiment de satisfaction.

Mais des soirées comme celle-là étaient rares. La misère allait bientôt s'abattre sur nous, d'une façon que nous n'aurions jamais pu imaginer.

CHAPITRE 13

LES MAINS ATTACHÉES

8 octobre 1942

À l'*Appell* ce matin-là, nous avons senti qu'il se passait quelque chose d'anormal. Les barbelés autour de notre section étaient entourés de soldats allemands armés de mitrailleuses. Des véhicules blindés étaient stationnés sur le chemin, leurs canons pointés sur nous. Est-ce que quelqu'un nous avait mouchardés au sujet du tunnel ?

Nous nous sommes mis en rangs par cinq, comme d'habitude. Puis j'ai vu le commandant du camp arriver devant notre barrière. Le soleil du matin se reflétait sur ses bottes impeccablement cirées, et sur sa casquette on pouvait voir l'insigne nazi : un aigle tenant entre ses serres une swastika. Quand il est entré, Beesley nous a ordonné de nous mettre au garde-à-vous.

Visage de marbre, le commandant a sorti un document qui semblait officiel. Il l'a tendu à un interprète qui nous l'a lu dans un anglais laborieux :

– Le gouvernement allemand s'est toujours montré extrêmement clément à l'égard des prisonniers de guerre et leur a toujours accordé le traitement dû à des hommes valeureux, capturés au combat.

– Des clous! a crié un gars derrière moi.

Quelques autres ont hué.

L'interprète a attendu que le bruit cesse, puis il a continué :

– Après la tentative avortée d'envahir Dieppe, de nombreux soldats allemands ont été retrouvés fusillés avec les mains attachées dans le dos.

Un murmure d'indignation a parcouru nos rangs. Une telle chose était absolument impossible!

L'interprète a poursuivi :

– Le gouvernement allemand a exigé des excuses de la part du gouvernement britannique et l'assurance que, à l'avenir, un tel acte inhumain ne se reproduirait plus. Le gouvernement britannique a refusé de présenter ses excuses. Par conséquent, le gouvernement allemand n'a pas d'autre choix que d'user de représailles à l'encontre de tous ceux qui ont participé au débarquement de Dieppe.

Des représailles! En entendant ce mot, un silence de mort s'est abattu sur nos rangs. Nous avions déjà entendu parler des représailles des Allemands. Il y avait quelques mois à peine, un village tchèque entier avait été massacré pour venger le meurtre d'un représentant nazi. J'ai senti mon cœur s'affoler dans ma poitrine. Les soldats allemands ont soulevé leurs armes, l'air menaçant. Beesley a reçu l'ordre de conduire les dix premiers hommes dans une baraque, un peu plus loin. Les prisonniers de notre baraque, la 19B, occupaient les premiers rangs.

Beesley s'est retourné et nous a parlé d'une voix calme.

— Soldats, a-t-il dit. Je ne sais pas ce qui va arriver. Mais peu importe, nous nous comporterons en soldats. Les deux premiers rangs, tour à droite!

Bill Lee a pris la tête des dix premiers gars. Ils ont dignement marché au pas, en balançant leurs bras bien haut. L'un d'eux s'est mis à siffler l'air de la chanson de la feuille d'érable, et les autres se sont joints à lui. Mac et moi, nous nous sommes alors retrouvés au premier rang. Allaient-ils fusiller seulement les dix premiers? me suis-je demandé. Ou serions-nous les suivants? Nous avons attendu les coups de feu. J'ai fermé les yeux et j'ai pensé à ma mère. J'entendais ma respiration saccadée. Mais il n'y a pas eu de coups de feu. J'ai rouvert les yeux.

— Les deux rangs suivants, tour à droite! a ordonné Beesley.

J'ai regardé Mac, qui m'a fait un clin d'œil. Nous aussi, nous avons sifflé en entrant dans la baraque, mais avec un peu moins d'assurance. À l'intérieur, des soldats allemands formaient un rang. Des cordes reposaient sur leurs épaules. Allaient-ils nous battre? me suis-je demandé. Puis un officier a fait un pas en avant et nous a traités de *Gangsterschwein*. Il a pris une corde et a fait signe à un de ses hommes de lui tendre ses mains, avant de lui lier les poignets par devant.

– Tant que Churrr-chill n'aura pas présenté ses excuses! a-t-il ajouté en anglais.

– Tu peux toujours attendre! a crié un de nos gars.

Nous avons ri, un peu nerveusement, et l'officier nous a crié de nous taire. Je me suis senti soulagé. Nous n'allions pas être fusillés! Ils allaient seulement nous attacher les mains! J'ai regardé Mac, qui a haussé les épaules et levé les yeux au ciel. À tour de rôle, nous avons fait un pas en avant et tendu nos poignets. Ils les ont attachés avec rudesse. En sortant par la porte arrière, nous étions comme étourdis de soulagement. De retour dans notre baraque, nous avons desserré nos cordes.

Mais nous avons vite été confrontés à notre nouvelle réalité. Des tâches simples, comme couper du pain ou manger de la soupe à la cuillère, étaient devenues difficiles. Aller aux toilettes était le pire de tout. Des gars qui avaient été brancardiers ont été désignés *Sanitäters*, comme disaient les garde-chiourmes. Nous nous rendions aux latrines par groupes de dix, accompagnés d'un *Sanitäter* qui devait descendre nos pantalons, puis les remonter quand nous avions fini. Il n'avait pas besoin de nous essuyer parce qu'il n'y avait rien pour le faire. Nous étions nombreux à avoir la diarrhée, à cause de notre mauvaise alimentation. Les tours aux toilettes étaient donc d'autant plus fréquents et humiliants.

Nous ne recevions plus les colis de la Croix-Rouge. Quand Beesley a protesté auprès des Allemands, ils lui ont répondu qu'il n'y aurait pas de colis « tant que le gouvernement britannique n'aurait pas présenté ses excuses ». Nous devions donc survivre avec de la soupe claire et du pain noir. Un jour, on a retrouvé le squelette d'un gros rat dans notre *Kübel* de soupe. Notre sergent l'a soulevé par la queue et nous a annoncé :

— De la viande dans la soupe aujourd'hui, les gars!

Nous étions tous trop affamés pour protester.

Le soir, les garde-chiourmes défaisaient nos liens, puis les renouaient avant l'*Appell* du matin. Une nuit, après avoir été détachés, trois Royal ont sectionné les barbelés derrière les latrines et se sont évadés.

– Si j'avais su! a dit Mac. Je serais parti avec eux!

– Avec ton pied blessé! ai-je répliqué. Es-tu fou?

Mac boitait encore à cause de la balle qui lui avait traversé le pied. Mais il était bien décidé à guérir au plus vite. Au moins deux fois par jour, il faisait le tour de notre section en faisant des torsions, des étirements et des flexions de genoux, du mieux qu'il le pouvait avec ses mains attachées. Les trois Royal qui s'étaient évadés ont été rattrapés dix jours plus tard. Ils ont été obligés de rester debout toute une journée dehors, contre le mur d'une baraque, les mains enchaînées derrière le dos. S'ils bougeaient, ils recevaient un coup de crosse de fusil. Puis ils ont été emmenés au « frigo », une cellule de trois mètres sur cinq, pour dix jours d'isolement.

– Au moins, ils ne les ont pas tués, a dit Mac toujours aussi décidé à s'évader.

Au bout de quelques semaines, au lieu de nous attacher les mains par devant, les Allemands ont décidé de nous les attacher dans le dos. Des petites choses que nous avions appris à faire avec les mains liées par devant sont devenues impossibles. Notre moral est tombé au plus bas. Nous n'avions pas le droit de nous étendre sur nos couchettes pendant la journée. Je m'assoyais donc souvent sur le plancher de béton, le dos appuyé contre le mur, complètement désespéré. Le temps s'était refroidi, et j'étais toujours gelé.

Un matin, Mac s'est planté devant moi.

– OK Allie! Debout et secoue-toi les puces! m'a-t-il dit.

Puis il m'a aidé à me relever et m'a entraîné dehors.

– Tu m'inquiètes, a-t-il dit. Ton air abattu me rappelle ton père.

Je savais qu'il parlait du temps où mon père était au chômage et où il passait son temps sur le perron, à fumer et à lire les journaux.

– Je me *sens* abattu, ai-je dit en me retournant vers Mac. Si j'avais un livre, ça irait mieux. J'aurais au moins quelque chose à faire le matin.

– Tu as lu des tonnes de livres, a répliqué Mac.

Il s'est arrêté pour me regarder une seconde, puis il a continué.

– Alors tu pourrais peut-être m'en parler? Tu *connais* tellement de choses!

– OK. Qu'est-ce que tu veux *savoir*? lui ai-je demandé en soupirant.

– Euh…, a dit Mac. Marie, reine d'Écosse par exemple. Tu te rappelles son château à Édimbourg?

– Le palais de Holyrood, ai-je dit. Oui, je m'en souviens.

– OK. Alors comment ça se fait qu'ils lui ont

coupé la tête?

– Oh! C'est une longue histoire, ai-je répondu avec un sourire en coin. Mais je suppose qu'on a le temps.

Pendant notre marche, je lui ai raconté ce que je savais de Marie, reine d'Écosse. Le lendemain, je lui ai parlé de sa cousine, la reine Elizabeth 1re, dont nous avions vu le tombeau à l'abbaye de Westminster. Le surlendemain, du fils de Marie, Jacques VI roi d'Écosse, et de comment il était devenu Jacques 1er, roi d'Angleterre, après la mort de la reine Elizabeth.

– Et le beau prince Charles? a demandé Mac. Mon père m'a appris une chanson sur lui.

– Je vais y venir, mais plus tard. D'abord, je dois te parler de la dynastie des Stuart, ai-je répliqué.

Quand j'en suis finalement arrivé à l'histoire du beau prince Charles, « le prince dans la bruyère », nous en étions à notre troisième semaine de promenades quotidiennes, et j'avais bien meilleur moral. Penser à ce que je raconterais à Mac l'après-midi donnait un but à ma journée quand j'ouvrais les yeux le matin.

– Allie, tu connais *vraiment* beaucoup de choses! me disait Mac. Quand on sortira d'ici, il faudra que tu ailles à l'université. Tu pourrais devenir enseignant ou professeur.

L'admiration de Mac et nos promenades quotidiennes m'avaient sorti de ma déprime. Elles m'aidaient à oublier nos mains attachées, les barbelés et mon estomac vide. La créosote de la corde m'avait mis les poignets à vif. Elle avait provoqué de vilaines plaies et des doigts violacés à d'autres.

Durant l'*Appell*, le matin du 2 décembre, le commandant du camp est revenu nous voir. Cette fois, on nous a dit que, au lieu de présenter des excuses, Winston Churchill avait ordonné que les prisonniers de guerre *allemands* se trouvant en Angleterre aient les mains liées. Nous avons murmuré un « hourra ». Puis on nous a annoncé que, à cause de l'obstination de Churchill, notre punition allait continuer. Nous avons hué. Une fois de plus, on nous a conduits dans une baraque. Des menottes nous attendaient, reliées par une chaîne de trente centimètres de long. Comparées aux cordes, elles nous semblaient une grosse amélioration. Par exemple, nous pouvions mettre nos mains enchaînées dans nos poches. Le temps se refroidissait et nous n'avions pas de gants. Ça faisait une sacrée différence! Encore mieux : nous avons vite trouvé le moyen de nous débarrasser de nos menottes.

Wilfred, comme de raison, a été le premier

gars de notre baraque à trouver le truc. Nous avions gardé toutes les boîtes de conserve vides des colis de la Croix-Rouge, et certaines avaient de petites clés pour les ouvrir. Wilfred a réussi à façonner une de ces clés de façon à ce qu'elle ouvre les menottes. Les gars des autres baraques ont aussitôt fait de même. Durant la journée, pendant que Spitfire et ses garde-chiourmes ne regardaient pas, nous enlevions nos menottes. Mais si on se faisait attraper sans, on était puni : huit heures debout contre un mur, dans le froid, les mains attachées dans le dos.

Un jour, un garde a surpris un soldat de notre baraque qui se lavait nu dans le bassin de nos douches. Il avait ses menottes aux mains. Mais il avait dû les enlever pour retirer ses vêtements, c'était évident. Le garde a engueulé le gars tout nu, puis il est parti chercher Spitfire. Quelques gars se sont précipités dans les douches pour aider le soldat nu à enlever ses menottes, se rhabiller et remettre ses menottes. Quand le garde est revenu avec Spitfire, le soldat, tout habillé, se lavait tranquillement le visage. Spitfire s'est mis à engueuler le garde et l'a accusé d'être soûl. Nous avons bien ri, mais nous avons retenu la leçon : toujours bien surveiller Spitfire et ses gardes. Dès qu'on en voyait un s'approcher de notre baraque, on lançait : « Attaque aérienne! » Et on remettait nos menottes en quatrième vitesse.

Rester propre n'était pas facile, car on ne savait jamais quand on allait avoir de l'eau. Un jour où il n'y en avait pas, nous avons vu Beesley traverser le terrain de manœuvres avec une savonnette et une serviette à la main. Il s'est arrêté devant une grande flaque d'eau glaciale et s'est déshabillé jusqu'à la taille. Puis il a commencé à se laver et à se raser. Peu après, on avait de l'eau dans les douches. Beesley respectait plus qu'à la lettre le conseil qu'il nous avait donné : se faire craindre par l'ennemi. En hiver, quand Spitfire nous regardait grelotter sur le terrain de manœuvres durant l'*Appell*, Beesley le provoquait en lui criant : « Dépêche-toi, imbécile! Compte-les, tes gars, et qu'on en finisse au plus vite! » Un autre que Beesley aurait immédiatement été mis au frigo pour avoir parlé comme ça à Spitfire. Il nous impressionnait tous.

Au cours de la deuxième semaine de décembre, nous avons eu notre première chute de neige. À cause d'une fenêtre cassée, je me suis retrouvé avec un petit tas de poudreuse juste à côté de ma couchette. Le poêle de briques installé au milieu de la baraque chauffait très peu, surtout avec la minuscule quantité de charbon qui nous était allouée chaque jour. Pour réchauffer notre nourriture, Wilfred nous a patenté un truc génial : à l'aide de boîtes de conserve vides de la Croix-Rouge, il a fabriqué un soufflet miniature. Un petit éventail actionné à la main créait un courant d'air dans un conduit en boîtes de conserve, qui débouchait sur un bol en métal dans lequel nous faisions brûler des brindilles et des bouts de carton. On plaçait une boîte de conserve remplie d'eau au-dessus des flammes, et l'eau se mettait à bouillir rapidement grâce à l'air qui alimentait le feu. Les autres groupes de partage en ont vite fabriqué de semblables. Chaque fois qu'il en voyait un, Spitfire prenait un malin plaisir à tout démolir d'un coup de pied.

Le plancher de béton glacial m'a donné, comme à d'autres, des engelures aux pieds. Ils étaient enflés, rouges et me démangeaient. Mac a troqué des cigarettes avec des Britanniques, en échange de sabots en bois. Ça aidait à prévenir les engelures. Plusieurs gars s'en sont taillé dans du bois. Nous nous sommes habitués au son des semelles de bois qui résonnait dans notre baraque. Bill a trouvé des pans de toile de jute pour fermer nos fenêtres qui laissaient passer l'air. Des francophones des Fusiliers Mont-Royal ont décidé d'en faire des murales représentant les provinces du Canada : un saumon qui saute pour la Colombie-Britannique, ou une jeune fille tenant un panier de patates pour l'Île-du-Prince-Édouard.

Cette année-là à Noël, une de nos baraques était décorée d'une grande murale représentant l'édifice du Parlement sous la neige à Ottawa, avec sa tour de l'horloge. Un soldat mohawk de l'Essex Scottish l'avait dessinée avec une savonnette sur une couverture, et ça nous a donné le mal du pays. Des colis de la Croix-Rouge britannique nous sont arrivés juste avant Noël, et ça nous a énormément remonté le moral. Les garde-chiourmes nous ont permis de passer toute la nuit, la journée et le lendemain de Noël sans nos menottes. Le jour de Noël, nous avons été dispensés d'*Appell* dans l'air glacial du matin. Avec le papier métallique des paquets de cigarettes, nous avons fabriqué une guirlande et nous l'avons accrochée à notre poêle de briques. Le jour de Noël, nous avons chanté des cantiques et nous avons essayé d'oublier notre mal du pays. Je me rappelle que nous faisions chauffer de l'eau avec notre soufflet artisanal pour préparer du chocolat chaud à distribuer à tous ceux de notre groupe de partage. Nous nous sommes souhaité Joyeux Noël en sirotant notre chocolat et en mangeant du plum-pouding en conserve.

– En espérant que ce soit le dernier Noël que

nous passerons au *Stalag VIIIB*! a dit Big Jim.

— Et comment! Et comment! avons-nous crié, faisant presque trembler les murs de notre baraque.

CHAPITRE 14

LE TUNNEL
14 février 1943

Kriegsgefangenenpost
14/2/43

Chère maman,

Mille mercis pour ta lettre et ton paquet, qui viennent juste d'arriver. Je vois que tu l'as posté le 12 novembre. Il a donc fallu pas mal de temps pour qu'il se rende jusqu'ici. Je suis vraiment navré que tu n'aies pas su avant la fin d'octobre que j'étais en vie! Je peux imaginer ton inquiétude, surtout après que Mme McAllister a reçu la nouvelle de la mort de Mac à Dieppe. Heureusement, il n'était que blessé et maintenant, il a sa couchette au-dessus de la mienne. Son pied va déjà beaucoup mieux, et il se déplace maintenant assez bien.
Le camp de prisonniers est affreux, mais nous y survivons en assez bonne santé. Et puis, la guerre ne peut pas durer éternellement. Merci beaucoup pour le foulard et les mitaines que tu m'as tricotés. Et les livres sont une bénédiction du Ciel! Les gars

s'arrachent les deux romans policiers d'Agatha
Christie. Et je déguste chaque page de Pour qui
sonne le glas, *d'Hemingway. Tu remercieras*
Mme Newman, à la bibliothèque, pour cette suggestion.
Je ne sais pas dans combien de temps je pourrai
recevoir un autre colis, mais pourrais-tu m'envoyer
des cigarettes? Ne va pas t'imaginer que je me
suis mis à fumer! Elles nous servent de monnaie
d'échange : on les troque contre du savon ou
d'autres objets de première nécessité.
Ne t'inquiète pas pour moi. Je vais bien.
Toute mon affection à Elspeth et Doreen.
Ton fils qui t'aime.

Alistair

* * *

Des livres! Incroyable comme ils m'avaient
manqué! Je n'étais pas un grand amateur de
romans policiers, mais j'ai quand même dévoré les
deux Agatha Christie (*Le Crime de l'Orient-Express*
et *Mort sur le Nil*) en une journée chacun. Puis
je les ai passés à Mac, qui les louait une cigarette
chacun à tous ceux qui voulaient les lire. (Il disait
que ça les empêcherait de déchirer les pages pour
en faire du papier de toilette.) Le colis de maman
était arrivé au beau milieu du mois le plus froid

de cet hiver de misère, au moment où j'en avais le plus besoin. Le gros roman d'Ernest Hemingway au sujet de la guerre civile espagnole m'a fait tenir le coup jusqu'à la fin du mois de mars.

Mac était alors complètement absorbé par le creusage du tunnel d'évasion. Nos travaux s'étaient arrêtés le 8 octobre, jour où on nous avait lié les mains. La dalle de béton avait été remise en place et les joints avaient été dissimulés avec une pâte faite de lait en poudre, de chocolat et de sable. Quand les cordes ont été remplacées par des menottes que nous pouvions enlever, on a pu reprendre le travail. Le sol a commencé à dégeler en mars, et Beesley a décidé qu'il fallait terminer le tunnel. Mac est alors devenu un des plus enthousiastes; il pouvait travailler jusque tard dans la nuit. Quand le puits a atteint trois mètres de profondeur, Bill a calculé qu'il fallait creuser sur environ 43 mètres à l'horizontale, vers l'extérieur, pour déboucher dans le sous-bois de l'autre côté de la clôture. Mais le sol était léger et sablonneux, et le tunnel pouvait facilement s'effondrer. Les lattes de nos couchettes se sont donc retrouvées dans le tunnel : elles servaient à consolider les côtés et le plafond. Pour soutenir nos paillasses, nous avons fabriqué des filets avec la ficelle des colis de la Croix-Rouge et nous les avons tendus sur les cadres de nos couchettes.

Plus le tunnel avançait, plus il y avait de terre sablonneuse dont il fallait se débarrasser sans éveiller les soupçons. Durant un coup de froid en avril, un des gars a décidé de répandre du sable sur le chemin couvert de glace, entre notre section et le camp des aviateurs britanniques d'à côté. Quand les garde-chiourmes lui ont demandé ce qu'il faisait, il a dit qu'il voulait empêcher leurs camions de glisser sur la glace. Et ils l'ont cru! Quelques jours plus tard, nous avons même été félicités par le commandant du camp pour avoir contribué à la sécurité des routes et des sentiers!

Nous avions fabriqué des lampes pour le tunnel: des boîtes de conserve remplies de margarine, avec une mèche en tissu. Mais la suie qu'elles dégageaient faisait tousser et nous obligeait à remonter sans cesse, sous peine d'étouffer. Un Canadien français, un certain Robichaud, a patenté un soufflet avec un sac de soldat, qui permettait de pomper de l'air frais et de l'envoyer dans le tunnel par un conduit en conserve de Klim. Quand Mac assurait le quart de nuit pour creuser le tunnel, je l'assistais souvent: étendu par terre, je pompais de l'air frais tandis qu'il était couché sur le ventre, sur un chariot fait de lattes de bois avec des conserves en guise de roues. Il faisait souvent si chaud dans le tunnel que la plupart du temps, les gars travaillaient tout nus, y compris Mac. Ça réglait un autre problème : leurs vêtements n'étaient pas salis de terre, ce qui aurait éveillé les soupçons. Quand Mac avait fini son quart, je le brossais, puis je ramassais la poussière de couleur ocre dans une boîte de la Croix-Rouge.

– Le tunnel doit être maintenant rendu de l'autre côté de la clôture, m'a-t-il chuchoté à l'oreille, un soir du mois de mai, tandis que je le brossais.

– J'espère bien! ai-je répliqué. J'ai pas envie de me retrouver au pied d'un mirador!

Quand Bill Lee et Sidney Cleasby ont été à peu près certains que le tunnel avait la bonne longueur, ils ont commencé à creuser vers le haut. On a trouvé des planches pour fabriquer une trappe afin de fermer l'orifice du tunnel. Mac s'est porté volontaire pour aider Bill à l'installer. C'était très risqué, car les garde-chiourmes patrouillaient dans notre section la nuit, avec des chiens-loups. Bill et Mac ont attendu la première nuit sans lune. Après minuit, ils se sont habillés en noir, se sont noirci le visage avec de la suie et sont descendus dans le tunnel. Mac est passé le premier, en emportant une échelle et une pelle artisanales. Bill l'a suivi avec la trappe repliée en deux sur une charnière pour rendre le transport plus facile.

J'étais debout devant une fenêtre, des allumettes à la main. Si je voyais un garde approcher, je devais craquer une allumette devant la fenêtre pour avertir Mac.

Mac était censé creuser les derniers mètres du puits de sortie, installer l'échelle et sortir du tunnel. De là, il aiderait Bill à installer la trappe, puis à la recouvrir de terre et de feuilles mortes. Cela fait, Bill ouvrirait la trappe juste assez pour que Mac puisse se glisser dans le tunnel.

Dans l'ombre près de la fenêtre, j'écoutais les gars ronfler sur leurs couchettes. Environ quinze minutes ont passé. Bill et Mac ont sûrement terminé, me suis-je dit.

Du haut des miradors, les projecteurs balayaient notre section à un rythme régulier. Durant un de ces passages, j'ai soudain aperçu un garde avec son chien. Il longeait la clôture en direction de la trappe! Les mains tremblantes, j'ai trouvé une allumette. Je l'ai craquée, mais elle ne voulait pas s'allumer. J'en ai pris une autre et je l'ai craquée. Elle s'est allumée, et je l'ai tenue devant la fenêtre.

Le chien a aboyé et le garde a crié. Je me suis éloigné de la fenêtre et j'ai filé dans mon lit. Puis j'ai entendu des bruits de pas dehors. La porte de notre baraque s'est ouverte brusquement, et le garde a parcouru les couchettes avec le faisceau de sa lampe de poche. Nous sommes tous restés sans bouger. Les projecteurs des miradors étaient braqués sur nos fenêtres. Je savais que la trappe se trouvait à seulement 16 mètres d'un mirador.

J'étais étendu immobile, le cœur battant à tout rompre. « S'il vous plaît... ne tirez pas sur Mac! S'il vous plaît... ne le tuez pas! Ne tirez pas... ne tirez pas! Je vous en prie... je vous en prie! » me disais-je, au rythme affolé de mon cœur. Puis le son des bottes qui martelaient le sol en s'éloignant a fini par s'éteindre, et j'ai repris une respiration normale. J'ai levé la tête pour regarder par la fenêtre. Tout était plongé dans le noir.

Il m'a semblé attendre une éternité. Puis il y a eu un « toc, toc, toc » provenant de la dalle de béton. Sidney s'est aussitôt précipité dessus et l'a soulevée avec ses gros bras forts. Puis j'ai aperçu les dents blanches de Mac, au milieu de son visage noirci de suie. Bill et lui se sont vite nettoyés et se sont recouchés dans leur lit avant que Spitfire et ses garde-chiourmes viennent faire une autre tournée d'inspection. Plus tard, et trop tôt à notre goût, la voix rageuse de Spitfire s'est fait entendre dans les haut-parleurs : l'*Appell* du matin.

Il a fallu que j'attende notre promenade de l'après-midi autour de notre section pour apprendre enfin ce qui s'était exactement passé la nuit passée. Mac m'a raconté que ça n'avait pas été facile d'installer la trappe sur le trou dans le noir complet. Il était étendu sur le ventre, les bras plongés dans le puits de sortie, quand il avait aperçu mon allumette à la fenêtre. Il avait vite roulé de côté pour éviter de se trouver dans le faisceau du projecteur. Quand le garde avait crié et s'était dirigé vers les baraques, Mac s'était enfoncé encore un peu plus dans le sous-bois. Il a dit qu'il y était resté pendant une bonne vingtaine de minutes, à observer le ballet des projecteurs. Quand ils s'étaient enfin arrêtés, Mac avait relevé la tête et avait fixé les baraques à l'intérieur de la clôture de barbelés. Il m'a dit qu'il avait bien failli ne pas revenir vers la trappe.

— Je pouvais *sentir* la liberté, m'a-t-il dit les yeux brillants d'excitation. J'étais dans les bois, par une belle nuit de printemps. J'avais envie de *détaler* comme un lièvre.

— C'est ça! Et ils t'auraient *tiré* comme un lièvre, ai-je répondu.

— Jamais de la vie! a-t-il répliqué. Ils ne m'auraient jamais rattrapé! Écoute-moi bien, Allie: il n'est pas question qu'ils me gardent enfermé ici pendant des années. Pas question!

Harry Beesley et le comité d'évasion nous ont

avertis qu'ils décideraient qui serait autorisé à s'évader par le tunnel. Selon Beesley, les évasions en grand nombre avaient tourné au désastre dans d'autres camps.

– Nous allons nous y prendre autrement, nous a-t-il expliqué. Nous allons nous assurer que chaque homme qui quitte ce camp a de bonnes chances de retourner en Angleterre. Les évasions se feront deux hommes à la fois, pas plus. Et nous allons les couvrir le plus longtemps possible pendant les appels. Ceux qui jouent un rôle particulièrement important dans l'effort de guerre partiront les premiers.

Quelques jours plus tard, nous avons eu un nouveau compagnon dans notre baraque 19B, un soldat anglais condamné à mort pour avoir fait du sabotage dans une équipe de travail. (Des prisonniers anglais étaient allés travailler dans une briquèterie environnante.) On l'avait aidé à s'échapper de sa cellule et on lui avait fourni un uniforme canadien ainsi que des menottes. Peu après, il a été rejoint par un colonel britannique qui devait être transféré dans un autre camp de prisonniers, car on ne gardait pas les officiers au *Stalag VIIIB* : seulement les sergents, les caporaux, et les simples soldats comme nous. Le sergent-major responsable de la section britannique avait reçu l'ordre du ministère de la Guerre à Londres de faire évader ce colonel le plus vite possible. (Les Britanniques recevaient des messages grâce à un récepteur à cristal caché dans leurs baraquements.)

Quand de nouveaux prisonniers arrivaient, les garde-chiourmes avaient l'habitude de laisser les autres prisonniers leur apporter à manger. Pendant notre petite fête de bienvenue dans la section britannique, le colonel a échangé ses vêtements avec un Canadien qui lui ressemblait. Puis il est retourné avec nous à la baraque 19B, au nez et à la barbe des gardes. Le lendemain, le colonel était habillé en costume bleu marine, avec un imperméable et un chapeau de feutre. Il tenait une mallette de cuir qui contenait tous ses faux laissez-passer et papiers d'identité, et même une pipe et une tabatière. Le condamné à mort qui s'évadait avec lui portait un blouson de laine, un chapeau pointu et des lunettes à montures de métal. Il ressemblait à n'importe quel ouvrier allemand. La facilité avec laquelle les prisonniers britanniques avaient réussi à tout mettre au point me stupéfiait. Le costume bleu marine avait été taillé dans un uniforme kaki teint avec du jus de betterave. Les lunettes étaient faites avec du fil de fer et le verre cassé d'une fenêtre. La mallette avait été obtenue en soudoyant un garde.

Mais la fabrication des faux papiers d'identité constituait leur plus grand tour de force. Les Btitanniques qui parlaient allemand épluchaient les journaux chipés aux garde-chiourmes. Ils repéraient les annonces de gens qui cherchaient du travail, puis composaient des lettres invitant officiellement les candidats à se présenter pour une entrevue. Les meilleurs faussaires arrivaient même à imiter les caractères d'une machine à écrire avec des pinceaux très fins. En Allemagne, tout le monde devait porter sur soi une carte d'identité et un laissez-passer de la police, de même que des autorisations à voyager. Ces dernières étaient reproduites sur une machine à copier manuelle, fabriquée avec un manche à balai et le manchon en caoutchouc d'une batte de cricket. Enfin, chaque document était estampillé avec les tampons nécessaires, sculptés dans une patate ou un talon de botte.

Il a été décidé que le colonel et le soldat condamné à mort s'évaderaient en plein jour. Selon le plan, ils devaient prendre le train à la gare de Lamsdorf pour se rendre jusqu'à Dresde. De là, ils prendraient d'autres trains pour se rendre dans une petite ville située à la frontière de la Suisse. Ils grimperaient dans les Alpes jusqu'à être en sécurité dans ce pays neutre.

En début d'après-midi, Mac et moi nous sommes postés aux fenêtres de la baraque. Bill Lee et les deux futurs évadés se sont enroulés dans une toile à paillasse pour éviter de salir leurs vêtements. Puis Sidney a soulevé la dalle de béton, et Bill a conduit les deux hommes dans le tunnel. Une partie de football avait été lancée devant notre section afin de distraire l'attention des gardes dans les miradors. Au moment précis où les deux évadés devaient ressortir par la trappe, un des joueurs a flanqué un coup de poing à un autre. Ils ont roulé par terre et ont commencé à se battre. Les autres joueurs les ont entourés en criant. Les gardes dans les miradors se sont levés avec un sourire pour mieux voir la scène. Pendant qu'ils avaient le dos tourné, nos deux « civils » ont foncé se cacher dans la forêt.

Au cours des six mois suivants, trente-six hommes se sont évadés par le tunnel, toujours deux par deux. À l'*Appell*, nous couvrions les absents en disant qu'ils étaient au lit, malades. Quand les garde-chiourmes se précipitaient pour vérifier, ils trouvaient invariablement un type à l'air mal en point, couché dans le lit de l'évadé. Autre astuce : quelques-uns d'entre nous se remettaient dans la file après que Spitfire les avait comptés.

Bien sûr, les Allemands finissaient par découvrir

qu'il y avait eu une évasion. Nous devions alors rester debout dehors pendant des heures tandis qu'ils fouillaient les baraques de fond en comble. Les garde-chiourmes apportaient des perches et en frappaient les planchers de béton, dans l'espoir de découvrir le son creux d'un tunnel. Mais après chaque évasion, nous remplissions le puits sous la baraque avec de la terre que nous gardions en réserve dans des boîtes de la Croix-Rouge cachées sous nos couchettes. C'est ainsi que l'entrée du tunnel de la baraque 19B n'a jamais été découverte.

Par la suite, nous avons appris qu'environ la moitié de nos évadés avaient réussi à retourner en Angleterre. Un excellent résultat qui prouvait que les méthodes du comité d'évasion étaient efficaces. Tous ceux choisis pour s'évader devaient parler couramment l'allemand ou le français. Les hommes des Fusiliers Mont-Royal avaient ainsi un gros avantage, et plusieurs d'entre eux ont été envoyés dans le tunnel déguisés en ouvriers français.

* * *

Au mois de septembre, Mac ne pensait plus qu'à s'évader. Il estimait l'avoir mérité.

– Personne n'a travaillé aussi dur que moi à ce tunnel. *Personne!* me disait-il avec colère pendant nos promenades de l'après-midi.

— Je sais, Mac, lui répondais-je. Mais tu ne parles ni allemand ni français.

— Je sais. Mais *toi*, oui! me disait-il. Alors nous partons ensemble et, si nous nous faisons arrêter, tu racontes que je suis sourd ou un truc comme ça...

Mon français s'améliorait grâce aux parties de cartes avec les Fusiliers Mont-Royal, et j'avais appris un peu d'allemand. Mais je ne parlais couramment aucune de ces deux langues. Le plan de Mac ne pouvait pas marcher.

Au mois d'octobre 1943, cela allait faire un an que nous avions les mains menottées, et Mac n'en pouvait plus. Il demandait sans cesse à Beesley de le mettre sur la liste des évadés, mais Beesley n'était pas convaincu. Mac a tellement insisté que Beesley a fini par organiser une rencontre avec les sergents anglais responsables du comité d'évasion. Quand nous leur avons expliqué notre plan, l'un d'eux m'a soudain bombardé de questions en allemand : Qui étais-je? D'où est-ce que je venais? Dans mon allemand hésitant, j'ai répondu que je m'appelais Fritz Schulz et que je venais de Hambourg. Puis l'autre sergent m'a demandé en français si j'aimais la cuisine allemande. J'ai répondu à cette question avec un peu plus d'assurance, mais je voyais bien qu'ils n'étaient pas impressionnés. Puis Mac a expliqué tout le travail qu'il avait accompli pour le tunnel. Sans résultat.

– Les gars, je vous donne au plus trois jours, a finalement dit l'un d'eux. Il n'en faudra pas plus pour vous retrouver aux mains de la Gestapo et être fusillés.

En retournant vers notre baraque, Mac était extrêmement déçu.

– Je vais te dire un truc, mon gars, a répondu Beesley. Tu as de meilleures chances en te joignant à une équipe de travail et en t'échappant à partir de là. Je peux te procurer une boussole pour t'orienter. Si tu réussis à te rendre en France, peut-être qu'une jolie fille de fermier acceptera de te cacher dans sa grange.

– Hé! Voilà qui me plaît! a dit Mac avec un sourire jusqu'aux oreilles.

Son moral est immédiatement remonté. Mais les jours ont passé, puis les semaines, et aucun laissez-passer de travailleur ne lui a été proposé. D'autres Britanniques avaient fait exprès d'endommager l'équipement à la briquèterie, et les propriétaires ne voulaient plus faire travailler de prisonniers.

Mac commençait à m'inquiéter. Un soir, je

l'ai entendu taper des pieds et des poings sur sa couchette au-dessus de moi. Le matin, quand ils lui remettaient ses menottes aux poignets, son visage devenait tout rouge. J'avais peur qu'il frappe un des garde-chiourmes. Les Allemands nous retransmettaient souvent dans les haut-parleurs les paroles de Lord Haw Haw qui décrivait toutes les fabuleuses victoires remportées récemment par les Allemands. Mac écoutait, l'air enragé.

– N'écoute pas ces mensonges, lui ai-je dit. J'ai entendu dire que les Russes sont en train de repousser les Boches. Et nos gars ont débarqué en Italie avec les Yankees! On va finir par gagner!

– Ouais! a-t-il répliqué. Et on leur donne un sacré coup de main, coincés ici avec nos menottes!

Un jour, les Allemands ont placardé de grandes affiches partout dans le camp.

L'évasion n'est plus un sport! lisait-on en en-tête. *L'Angleterre a initié une forme de guerre de malfaiteurs, contraire à la règle militaire!* était-il écrit plus bas, en lettres majuscules rouges. Et encore plus bas : *Quiconque s'évade signe son arrêt de mort.*

Le même jour, une rumeur s'est répandue : nous allions être transférés dans un camp de travail au beau milieu de la Pologne. S'en évader serait très difficile, nous le savions, surtout avec l'hiver qui approchait à grands pas.

Mac était de plus en plus agité. Deux hommes des Fusiliers Mont-Royal préparaient leur évasion. Tout le monde pensait qu'ils seraient les deux derniers à s'enfuir du *Stalag VIIIB* par le tunnel. La terre a été retirée du puits et cachée dans les boîtes. J'avais vraiment peur que Mac tente de partir tout seul. Quand je l'ai cuisiné pour le faire parler, il m'a envoyé promener. Je lui ai dit que ce serait fou et dangereux d'essayer, mais il s'est contenté de me sourire bizarrement. Il a commencé à m'éviter. Il devait penser que je l'espionnais. Après que Bill Lee a conduit les deux gars des Fusiliers dans le tunnel, je suis resté éveillé toute la nuit à écouter le moindre bruit venant de la paillasse du dessus. La terre du tunnel était encore dans les boîtes de la Croix-Rouge.

Le matin, quand je me suis réveillé au son des haut-parleurs, je me suis rendu compte que je m'étais endormi. J'ai sauté en bas de ma couchette pour vérifier celle de Mac. Vide! J'ai couru aux douches, puis aux latrines. Il était introuvable! Mon cœur battait à tout rompre dans ma poitrine. J'ai attrapé Wilfred par le bras et je lui ai demandé s'il avait vu Mac. Il a répondu qu'il l'avait entendu se lever en pleine nuit, sûrement pour aller pisser.

J'ai demandé à Wilfred de me couvrir pour l'*Appell*. J'ai grimpé sur la couchette de Mac et j'ai fait semblant d'être malade quand les garde-chiourmes sont venus voir. Le bruit a vite couru que Mac s'était évadé. Bill s'est assuré que la terre soit remise au plus vite dans le puits.

L'après-midi, les Allemands se sont rendu compte qu'il y avait eu une évasion, et les baraques ont été fouillées une fois de plus. Ils n'ont jamais trouvé l'entrée du tunnel dans la baraque 19B, mais ils ont fini par découvrir la trappe, de l'autre côté de la clôture. Nous avons regardé les prisonniers russes remplir le tunnel avec des excréments du « saint trou ». Puis la sortie du tunnel a été bouchée avec du ciment.

Les jours suivants, il ne se passait pas une minute sans que je pense à Mac. La nuit, je rêvais de lui endormi dans des meules de foin ou volant à manger dans des fermes. « S'il vous plaît, ne le tuez pas, priais-je en silence. Ne le tuez pas! »

Une semaine plus tard, j'ai dû écrire une lettre qui resterait gravée dans ma mémoire à jamais.

Stalag VIIIB

11 novembre 1943

Chère Mme McAllister,

Lorsque vous lirez cette lettre, vous aurez probablement déjà appris que Mac a été tué après s'être évadé de notre camp de prisonniers. Il m'est impossible de vous dire à quel point je suis peiné par sa mort. Il nous manque tous les jours, à moi et à tous nos compagnons du camp. Il était le soldat le plus populaire de notre baraque, avec son sourire éclatant et son rire franc. On ne parle que de sa gentillesse à l'égard des autres. J'aurais tant de choses à raconter à son égard!

Au camp d'entraînement de Borden, j'étais le pire soldat de notre peloton et Mac m'a aidé à chaque étape. Je n'y serais jamais arrivé sans lui.

À Dieppe, il a été très courageux. Il a été un des rares soldats à se rendre jusque sur la plage. Ici, au camp de prisonniers, j'avais le moral au plus bas pendant les premiers mois. Mac ne voulait pas que je craque. Il m'a aidé à traverser cette terrible épreuve.

C'était le gars le plus courageux, le plus gentil et le plus extraordinaire que j'aie jamais rencontré. Je lui serai reconnaissant, tous les jours, toute ma vie durant.

Je vous transmets mes plus sincères condoléances, à vous, et à tous les frères et sœurs de Mac.

Avec toute ma peine,

Alistair Morrison

CHAPITRE 15

LA LONGUE MARCHE
21 novembre 1943

Vers la fin novembre, les garde-chiourmes nous ont enlevé nos menottes. Je m'en suis à peine rendu compte. Je me fichais de tout. Depuis la mort de Mac, je ne souriais plus et je parlais rarement aux autres. Quand j'ai entendu dire que certains d'entre nous allaient être transférés dans un autre camp, j'ai haussé les épaules. Rien ne pouvait être pire que le *Stalag VIIIB*, et chaque centimètre carré de la baraque 19B me rappelait Mac. Toutes les nuits, je rêvais que j'essayais d'empêcher sa mort. Et tous les matins, je me réveillais et sa couchette au-dessus de moi était vide.

Le 26 novembre, Harry Beesley a conduit environ trois cents d'entre nous à la gare de Lamsdorf où, une fois de plus, on nous a entassés dans des wagons crasseux. Notre destination était un autre camp de prisonniers, le *Stalag IID*, près de la ville de Stargard, non loin du port de Stettin sur la Baltique. Après une journée de trajet, nous sommes entrés dans le sinistre *Stalag IID*. Harry Beesley nous a fait mettre en rangs, et le commandant du camp est venu nous inspecter.

– *Sie sollen hier arbeiten*, nous a-t-il dit d'un ton cassant en guise de bienvenue.

Je savais assez d'allemand pour comprendre ce qu'il nous disait : « Vous êtes ici pour travailler! » Puis il nous a fait un discours sur les dangers des évasions. Il a terminé avec le salut hitlérien. Les gars l'ont hué et sifflé, mais pas moi.

Après cet accueil plutôt froid, nous avons découvert que les conditions au *Stalag IID* étaient généralement meilleures qu'au *VIIIB*. Les gardes étaient des soldats ayant servi au front, et ils étaient beaucoup moins durs que Spitfire et ses garde-chiourmes. La nourriture était tout aussi mauvaise, mais la plupart des prisonniers sortaient du camp pour travailler et en rapportaient ce qu'ils avaient troqué contre des cigarettes. Avant de quitter le *VIIIB*, j'ai reçu un colis de ma mère avec des cartouches de cigarettes. Je pouvais m'en servir comme monnaie d'échange. Mais même avec l'estomac plein, je me sentais comme un mort vivant.

Harry Beesley a remarqué que je m'étais replié sur moi-même depuis la mort de Mac. Il m'a donc suggéré de parler avec le *padre* Foote, l'aumônier des Riley de Hamilton. Il s'était porté volontaire pour quitter un camp d'officiers prisonniers et venir à Stargard. J'avais beaucoup entendu parler de lui. Sur la plage de Dieppe, il était allé chercher des blessés sous le feu de l'ennemi et les avait ramenés jusqu'aux péniches. Il paraît qu'on l'a aidé à monter dans un bateau, mais qu'il s'est jeté à l'eau en disant : « Ma place est avec mes gars ». Je me rappelais qu'il marchait avec nous sur la route d'Envermeu.

Je n'avais pas vraiment envie de parler, mais j'ai fini par accepter de rencontrer le *padre* Foote. Je lui ai raconté l'histoire de mon amitié avec Mac, et celle de sa mort. Le *padre* m'a dit que c'était normal que je me sente coupable.

– Ceux qui survivent se demandent toujours : Pourquoi eux et pas moi? On pense parfois qu'on aurait dû mourir à leur place.

Il a ajouté que, presque chaque nuit, il revoyait en rêve les corps sur la plage de Dieppe.

Je me suis rendu compte que ça m'aidait de parler avec lui. J'appréciais beaucoup qu'il n'essaie pas toujours de tout ramener à Dieu ou à la religion. Après quelques rencontres, j'ai commencé à mieux dormir la nuit et à parler aux autres un peu plus souvent.

Près de Stargard, il y avait de grandes fermes d'état où nous allions travailler. En février 1944, après l'arrivée d'un nouveau groupe de Canadiens en provenance du *Stalag VIIIB*, on nous a envoyés en dehors du camp pendant des semaines et même des mois entiers, généralement par groupes de vingt. Nous dormions dans les granges ou les remises des fermes. En général, les gardes étaient assez vieux, car tous les jeunes étaient au front. Je me souviens d'un en particulier, ancien officier de cavalerie durant la Première Guerre mondiale, un vieux monsieur qui aimait lire et qui, à l'occasion, me prêtait des livres en allemand. En m'aidant d'un dictionnaire allemand-anglais fourni par les soldats allemands, j'essayais d'occuper mes temps libres.

Il y avait peu de machinerie dans ces fermes et pas d'essence pour les faire fonctionner, car tous les stocks étaient réservés aux camions et aux chars d'assaut. Le travail se faisait presque entièrement à la main. Je me rappelle avoir semé et récolté des patates pendant des jours. J'ai même appris à conduire une charrue tirée par deux vieux chevaux.

Dans certaines fermes, des groupes de jeunes Allemandes nous aidaient aux champs, mais nous étions tenus à l'écart en dehors des heures de travail. On nous répétait sans cesse que si un prisonnier se faisait pincer en train de fraterniser avec une Allemande, il serait immédiatement fusillé. Plusieurs gars flirtaient quand même avec elles. Un beau jour d'été, quelques-uns d'entre nous ont décidé de se rafraîchir dans l'étang de la ferme. Les jeunes femmes ont aussitôt accouru, et nous avons dû nous rhabiller à toute vitesse.

La vie dans les fermes était monotone mais supportable. Après une journée de durs travaux, je sombrais généralement dans un profond sommeil sans rêve. Mais je ne ressentais plus aucune joie de vivre, plus depuis la mort de Mac. Et la faim me tenaillait sans relâche, car nos rations se composaient de l'éternelle soupe claire avec du pain noir. De temps en temps, des colis de la Croix-Rouge arrivaient jusqu'à nous. Nous pouvions alors nous procurer quelques saucisses ou des légumes auprès des ouvriers agricoles, en échange de savonnettes ou de tablettes de chocolat. Ces marchandises de luxe étaient des raretés pour les civils allemands. Au début de 1944, elles le sont devenues encore plus. Grâce aux bribes d'information qui nous parvenaient, nous savions que la guerre tournait mal pour l'Allemagne. La nouvelle du débarquement des Alliés en Normandie, le 6 juin 1944, s'est vite répandue. Les Allemands savaient que ça allait mal, même si un de nos gardes affirmait : « Ils vont être repoussés au large, exactement comme vous à Dieppe ».

Puis les avions alliés dans le ciel, en route pour un bombardement, sont devenus de plus en plus fréquents. Nous avons également appris que les Russes se rapprochaient de plus en plus. Après le débarquement de Normandie, nous recevions des colis de la Croix-Rouge plus souvent. Nous avons aussi remarqué que l'attitude des gardes les plus désagréables commençait à changer envers nous. Nous nous sommes dit qu'ils avaient peur de la façon dont ils seraient traités si l'Allemagne perdait la guerre.

Fin janvier 1945, nous sommes revenus au *Stalag IID*. Nous entendions au loin des tirs de canons et nous savions que les Russes approchaient. Le 2 février au matin, les haut-parleurs nous ont ordonné de retourner dans nos baraques et d'attendre de nouvelles instructions. L'électricité dans l'air était presque palpable : serions-nous remis aux mains des Russes?

Notre bonne humeur est vite retombée quand le commandant a déclaré que nous allions être conduits en dehors du camp. Il faisait un froid sibérien, avec de grands vents et de la poudrerie. Nous n'avions le droit d'emporter qu'une seule couverture. Quelques gars s'en sont servis pour emballer nos vêtements de rechange et ce qu'il nous restait de nourriture de la Croix-Rouge. J'ai vu un homme emballer des menottes en souvenir du *Stalag VIIIB*. D'autres ont démoli les couchettes et ont fabriqué des traîneaux pour transporter leurs affaires.

Nous avons été conduits hors du camp en pleine tempête. Les hommes tiraient leurs traîneaux par-dessus les bancs de neige. Puis des vêtements et d'autres objets ont peu à peu été abandonnés au bord de la route. J'ai vu le *padre* Foote marcher en boitant, s'aidant d'un bâton pour soutenir sa mauvaise jambe. Je lui ai offert de transporter son sac à dos, mais il a refusé. À la tombée de la nuit, nous sommes arrivés à la périphérie de la ville de Stettin où nous avons été rejoints par des milliers de réfugiés allemands fuyant l'arrivée des Russes. Certains espéraient s'embarquer sur un bateau à Stettin. D'autres fuyaient simplement vers l'ouest, poussant des landaus ou tirant des traîneaux remplis d'objets de la vie quotidienne. J'ai vu une adolescente avec un canari en cage et un petit garçon avec un chiot dans les bras.

Quelques charrettes transportaient des carottes ou des patates. Il y avait donc de quoi troquer sérieusement : j'ai échangé une tablette de chocolat contre une poignée de carottes. Ce soir-là, quand nous nous sommes installés pour la nuit dans une grange où on gelait, j'ai offert mes carottes à mon groupe de partage. Ce supplément à notre soupe claire a été très apprécié.

Très tôt le lendemain matin, au son des *Raus! Raus!* criés par les gardes, nous avons repris notre pénible marche dans la neige. Je remerciais ma mère de m'avoir envoyé un passe-montagne en laine. J'avais aussi une paire de bas de rechange. Tous les soirs, je pouvais donc changer mes chaussettes mouillées pour des sèches. Plusieurs hommes souffraient d'engelures aux oreilles et aux orteils.

Pendant douze jours, nous avons avancé lentement, les sourcils et la barbe complètement givrés. Le soir, nous dormions dans des bâtiments de ferme. Nos rations alimentaires étaient de plus en plus petites, et le troc devenait difficile, car les civils allemands avaient peu de denrées. Un jour, sur une voie de garage de chemin de fer, nous avons vu des navets empilés sur un wagon plat. Un groupe des nôtres en a ramassé autant que possible et les a mangés crus. Résultat : des crampes d'estomac.

Le treizième jour, un spectacle sur la route nous a fait chaud au cœur : quatre camions avec de gros signes de la Croix-Rouge. Comment avaient-ils fait pour nous retrouver? Les sergents se sont occupés de distribuer les colis de nourriture. Il y en avait seulement un pour huit hommes, mais cela nous semblait une manne tombée du ciel. Le savon ne nous servait pas à grand-chose, car il était presque impossible de se laver. De toute façon, les démangeaisons causées par les puces et les poux étaient le moindre de nos soucis. Je me rappelle Ron Reynolds, un de mes compagnons de groupe de partage, qui criait *Seife! Seife!* en montrant sa savonnette aux passants, et a fini par obtenir un peu de nourriture en échange.

Ron avait un talent extraordinaire pour trouver de la nourriture. Un jour, nous sommes entrés dans une ville médiévale et nous avons vu des rangées de clapiers pleins de gros lapins dodus. En passant devant, Ron a ouvert la cage du plus gros lapin et l'a fourré dans son veston.

Ce soir-là, assis dans un grenier à foin, des images de ragoût de lapin dansaient dans nos têtes. Mais personne n'avait le cœur de le tuer. Finalement, un gars qui avait grandi dans une ferme en Saskatchewan l'a fait pour nous, et le lapin s'est retrouvé dans notre gamelle. Mais comme l'odeur du ragoût de lapin se répandait dans l'air, des gardes sont venus voir quel animal manquait. L'un d'eux a braqué le faisceau de sa lampe de poche dans notre gamelle, mais Ron avait eu l'intelligence de recouvrir le lapin avec des pierres. Quelqu'un a glissé un paquet de cigarettes plein dans la main du garde, et il nous a laissés déguster notre ragoût.

Durant les sept jours suivants, nous avons continué notre marche péniblement, puis nous sommes arrivés à la gare de Lübeck. Là, nous avons été entassés dans des wagons de marchandises. Nous nous tenions debout, épaules contre épaules, sans aucune possibilité de s'étendre sur le sol. Pendant six jours et six nuits nous avons traversé l'Allemagne, avec seulement une petite miche de pain noir et très peu d'eau. Quand nous avons enfin retrouvé l'air libre, plusieurs d'entre nous avaient du mal à marcher. Nous avons alors dû rejoindre à pied un camp près de la ville de Sandbostel.

C'était la première semaine de mars, et nous appréciions la chaleur du soleil et la neige qui fondait au bord de la route. Mais le camp de Sandbostel était pire que tout ce que nous avions vu jusque là. Les nazis y enfermaient leurs ennemis politiques. Les prisonniers avaient le crâne rasé et portaient des pyjamas rayés. Leurs mains et leurs visages étaient couverts de plaies ouvertes. On ne voyait que leurs grands yeux tristes dans leurs visages décharnés. Nous leur avons donné le peu de nourriture que nous avions.

Le lendemain matin, nous nous sommes réveillés pour assister à un spectacle encore plus désolant. Un train a traversé le camp juste devant nos baraques. Ahuris et silencieux, nous avons regardé passer les wagons aux portes ouvertes, remplis de corps squelettiques, raides morts.

– Je savais que les Allemands étaient méchants, ai-je entendu un prisonnier dire. Mais ça, c'est carrément *diabolique*!

J'ai pensé à Mac, qui aurait été scandalisé de voir ça.

Toutefois, nous savions que nous assistions aux derniers jours du régime d'Hitler. Le 8 mars, nous avons appris que l'armée américaine avait traversé le Rhin. Mais nos épreuves n'étaient pas encore terminées. Après seulement quelques jours à Sandbostel, nous sommes repartis à pied. Six semaines plus tard, nous étions toujours aux mains des Allemands. On nous a fait savoir qu'il fallait tenir bon, que nous serions bientôt libérés. Le 26 avril, tandis que nous marchions sur une route au sud de Hambourg, un escadron de la RAF nous a repérés. Les avions sont descendus en piqué et nous ont survolés de près. Les gardes nous ont immédiatement obligés à nous retourner et à revenir sur nos pas. Quand les avions de la RAF sont revenus, ils nous ont pris pour des soldats allemands. Ils ont piqué et ont mitraillé nos rangs. Nous nous sommes aplatis dans les fossés, mais quatre-vingt-neuf hommes ont été tués. Nous les avons enterrés au bord de la route. Nous étions anéantis. Des hommes pleuraient près de moi. Mais moi, la mort ne me touchait plus et j'étais incapable de pleurer. Une des victimes, Tommy, un ingénieur de Winnipeg, faisait partie de mon groupe de partage. Après avoir survécu à tant de malheurs, sa mort semblait vraiment injuste et cruelle.

* * *

Trois jours plus tard sur la route, deux tanks britanniques et une motocyclette ont surgi d'un virage juste devant nous. Nous avons levé les bras et crié à pleins poumons que nous étions des soldats alliés, des Canadiens. Les gardes allemands ont aussitôt lâché leurs armes et sont partis en courant. Nous nous sommes massés autour des tanks et nous avons crié notre joie jusqu'à en perdre la voix. Les soldats britanniques étaient choqués de nous voir si amaigris. Les prisonniers les plus mal en point ont été emmenés dans des camions, puis envoyés en Angleterre par avion. Le reste de notre troupe a été conduit au quartier général britannique, dans la ville de Lunebourg. On nous a enlevé nos poux, puis douchés à l'eau chaude : la première douche chaude depuis des années! Ce soir-là, nous avons soupé comme des rois. Mais on nous a avertis de ne pas trop manger, car cela pouvait être dangereux dans notre condition. J'ai parcouru la salle des yeux : je ne voyais que des visages d'hommes qui n'avaient plus souri depuis des mois, et qui maintenant rayonnaient! Puis je me suis rappelé Mac, comment son visage s'illuminait quand il souriait, et je me suis soudain senti anéanti de tristesse.

Le 1er mai, un soldat anglais m'a montré la manchette d'un journal : *HITLER EST MORT*. La veille, le *Führer* s'était tiré une balle dans la tête dans son bunker souterrain, quand l'armée russe s'était emparée de Berlin. Le soldat anglais m'a dit qu'il aurait souhaité que les Russes le capturent et le pendent à un lampadaire. Je ne pouvais pas imaginer un châtiment assez sévère pour cet homme qui avait permis que tant d'horreurs dévastent le monde.

* * *

Trois jours plus tard, nous étions assis sur le flanc d'une colline à l'extérieur de Lunebourg, pour regarder le commandant des forces nazies dans le nord de l'Allemagne se rendre au maréchal britannique Bernard Montgomery. Un ou deux anciens prisonniers de guerre ont fait remarquer que c'était ironique, car Montgomery était l'un des organisateurs de l'attaque manquée de Dieppe, deux ans et huit mois plus tôt.

Le lendemain, j'ai pris le bateau pour Aldershot en Angleterre, où j'ai été hospitalisé pour une pneumonie. À la mi-juillet, j'avais suffisamment récupéré pour pouvoir retourner au Canada. Ma mère et mes sœurs sont venues me chercher à la gare avec le mari d'Elspeth, que je rencontrais pour la première fois.

Pour ma première nuit à la maison du chemin Hiawatha, j'ai dormi en haut dans mon ancienne chambre. Ma mère m'a réveillé en me secouant.

— Qu'est-ce qui se passe? ai-je demandé, tout endormi.

— Tu criais, mon garçon, a-t-elle dit. Un cauchemar, je suppose. Mais c'est fini maintenant. Tu es rentré à la maison.

— Fini? lui ai-je demandé, la gorge serrée.

— Oui, a-t-elle répliqué. C'est fini, et tu es chez nous.

Mais elle se trompait. Ce n'était pas fini pour moi. Ce ne serait jamais fini.

ÉPILOGUE

À la mort d'Alistair Morrison, le 9 septembre 2009, la lettre qui suit a été retrouvée avec son testament. Elle se trouvait dans une enveloppe cachetée et était adressée à son petit-fils Lachlan. Dessus, il était inscrit : À OUVRIR QUAND JE SERAI MORT.

Le 19 août 2007

Cher Lachlan,

Si tu lis cette lettre, c'est donc que tu sais déjà que ton vieux grand-papa est « parti à l'Ouest » comme on disait dans l'armée. J'écris cette lettre le jour même du 65ᵉ anniversaire de l'attaque de Dieppe. Je sais qu'aujourd'hui, des hommes avec qui j'ai servi participeront à une cérémonie commémorative sur la plage Bleue. Quand la fanfare jouera « Ô Canada », ces vieux messieurs avec leur béret sur la tête et leurs médailles sur la poitrine feront le salut militaire, et les gens pleureront.
Chaque année je commémore cette journée, mais à ma façon.
Je n'ai jamais voulu retourner sur cette plage. Je

n'ai jamais voulu non plus me joindre aux anciens combattants pour échanger des souvenirs de guerre, des histoires qu'on améliore chaque fois qu'on les raconte. Il y a pourtant une histoire de guerre que je n'ai jamais racontée à personne. Elle est restée enfouie dans mon cœur, comme un terrible secret, pendant soixante-trois ans. Longtemps j'ai essayé d'oublier ce qui était vraiment arrivé au Stalag VIIIB, et comment Mac était mort. Je crois qu'il le fallait, si je voulais survivre. Mais maintenant que je suis devenu vieux, cette histoire me pèse terriblement et je ressens un besoin criant de dire la vérité à quelqu'un.

J'espère que tu me pardonneras de me soulager d'un tel fardeau en te le transmettant, Lachlan. Je crois que tu es la seule personne à qui je peux me confier. Tu es aussi le seul à avoir lu mon compte-rendu de ce qui s'est passé à Dieppe et après. Mais dans ce récit, l'histoire de la mort de Mac est un mensonge. Tu te rappelles peut-être que j'ai raconté que j'étais très inquiet en octobre 1943, quand Mac montrait tant de détermination à s'évader du Stalag VIIIB. Cette partie-là est vraie. Je savais qu'il allait s'enfuir par le tunnel auquel il avait travaillé si dur. Je savais aussi qu'il serait certainement capturé et abattu. Quand il a refusé d'en discuter avec moi, je me suis senti profondément blessé. L'idée de devoir *survivre dans ce camp sans lui me terrifiait.*

Le jour où j'ai su qu'il allait s'évader, j'étais
désespéré. Je me suis creusé la tête pour trouver un
moyen de l'en empêcher. Deux gars des Fusiliers
Mont-Royal s'étaient évadés la veille, et l'entrée du
tunnel allait être rapidement rebouchée avec de la
terre. Je savais que Mac tenterait sa chance cette
nuit-là.

Dans l'après-midi, une partie de soccer a été
organisée au fond de notre section. Jouer avec
des menottes n'était pas évident, mais nous y
arrivions. Je suis allé dans notre baraque et j'ai
vu qu'elle était vide. J'ai pris une des boîtes de la
Croix-Rouge remplie de terre. Je suis sorti avec
et j'ai marché jusqu'à la baraque des gardes. Ils
étaient quelques-uns dehors, à profiter d'une
pause cigarette. Je suis passé devant eux et, alors
qu'ils pouvaient encore me voir, j'ai fait exprès de
trébucher. La boîte est tombée aussi, et son contenu
s'est répandu par terre. J'ai aussitôt tout ramassé,
je suis vite retourné dans la baraque et j'ai remis la
boîte sous une couchette. Je ne crois pas qu'un autre
prisonnier m'a vu, mais je suis sûr que les gardes,
oui. Et je savais qu'ils avaient compris d'où venait
le sable.

Puis on a entendu des cris : Raus! Raus! tandis
que Spitfire et ses garde-chiourmes faisaient une

de leurs inspections habituelles. Ils ont commencé
par la porte d'à côté, dans la baraque 19A. Ils
ont démoli les couchettes, lancé vêtements et
couvertures par la porte et les fenêtres. Quand ils
sont arrivés à la 19B, une foule s'était assemblée à
l'extérieur. Les garde-chiourmes avaient apporté
des perches et ils en tapaient le plancher de béton.
Soudain j'ai vu Mac, le visage en feu, courir
derrière la baraque. Il a foncé dans la mêlée,
jusqu'à l'intérieur de la 19B. J'ai entendu des cris
et des jurons venant de l'intérieur, puis trois gardes
sont ressortis, traînant Mac qui se débattait. Ils
l'ont conduit dans le frigo. Je me sentais coupable
de tout ça, mais je me disais qu'au moins, il
était en sécurité. Une demi-heure plus tard,
Spitfire triomphant a eu le plaisir de présenter au
commandant du camp le « trophée » qu'il avait eu
l'intelligence de découvrir. Le lendemain, l'entrée
du tunnel était bouchée avec du ciment.
Ils ont gardé Mac au frigo pendant deux semaines.
Les travaux pour creuser un tunnel à partir de
la baraque 22B ont presque aussitôt commencé.
Il y avait aussi une rumeur selon laquelle les
Allemands avaient planqué une taupe parmi nous,
qui aurait révélé l'existence du premier tunnel. Puis
une autre selon laquelle nous serions transférés
dans un autre camp. J'ai voulu le faire savoir à

Mac. Je voulais lui dire que ce serait plus facile de s'évader à partir du nouveau camp. Mais les garde-chiourmes ne laissaient passer aucun visiteur.

C'est quand une grande clameur s'est élevée que j'ai appris la libération de Mac. Toute notre section s'est réjouie de le voir réintégrer nos rangs à l'Appell du soir. Il était très pâle, désorienté. Plus tard, quand je l'ai rejoint, il s'est contenté de me regarder d'un air indifférent. Une fois nos menottes enlevées, il est aussitôt allé se coucher. Je me suis dit qu'il devait être épuisé et qu'il voudrait peut-être me parler le lendemain matin.

J'ai été réveillé par les hurlements de la sirène. Les projecteurs balayaient notre section. J'ai couru à la fenêtre et j'ai vu un homme grimper à la clôture. J'ai su immédiatement que c'était Mac. Le garde du mirador le plus proche a tiré plusieurs fois, mais Mac a continué. Il en était à franchir la seconde clôture. Il devait avoir une cisaille, car il a réussi à passer au travers des barbelés au sommet de la clôture extérieure. Les balles de mitrailleuses ricochaient autour de lui. Je l'ai vu sauter à terre et s'enfuir. Et c'est là qu'il a été fauché par une volée de balles.

– Non! ai-je hurlé en le regardant tomber. S'il vous plaît! Non! Non!

J'ai sauté sur mes pieds et je me suis précipité

dehors. De l'autre côté de la clôture, des gardes avaient ramassé Mac et le ramenaient à l'intérieur du camp. Ils l'ont transporté à l'infirmerie. Je priais pour qu'il soit seulement blessé. Soudain, deux gardes m'ont empoigné et m'ont emmené devant Spitfire.

– S'il vous plaît! Je dois le voir! ai-je dit dans mon allemand maladroit, en montrant l'infirmerie. C'est mon ami!

– Sein Freund? *Son ami?* a ricané Spitfire en imitant ma voix.

Puis il a prononcé les mots qui me hantent depuis : Sie sind sein Judas!

Sous le choc, j'ai reculé d'un pas. Spitfire avait dit : «Tu es son Judas!»

Les gardes m'ont ramené de force à la baraque. Le lendemain matin à l'Appell, j'ai appris que Mac était mort durant la nuit. Le surlendemain, nous l'avons enterré dans le cimetière du camp. Le nom de Judas, ce maudit nom que Spitfire m'avait craché à la figure, résonnait sans cesse dans ma tête. L'idée que j'avais trahi mon ami, le meilleur gars que j'aie jamais connu, me donnait envie de mourir. Combien de fois ai-je eu envie de me jeter contre les barbelés!

Une des choses que le padre Foote m'a dites au camp IID, c'est que nous devons continuer à vivre pour ceux qui sont morts. Alors j'ai décidé de vivre pour Mac. Une fois revenu au pays, Lachlan, j'ai décidé d'aller à l'université et de devenir professeur d'histoire, comme il me l'avait conseillé. Ton père s'appelle Hamish en souvenir de Mac, même s'il n'a jamais aimé ce nom. Mais l'idée que j'avais provoqué la mort de Mac ne cessait de me hanter. Mentir à sa famille a failli me tuer.

Environ six mois après être revenu chez nous, j'ai fait ce qu'on appelle aujourd'hui une dépression nerveuse. Je suis resté à l'hôpital pendant un moment, puis dans une maison de convalescence pour anciens combattants. Pendant ce séjour, j'ai rencontré ta merveilleuse grand-mère qui y travaillait comme infirmière. Je ne lui ai jamais raconté comment Mac était vraiment mort. Je lui ai seulement parlé de ma culpabilité d'avoir survécu. De son côté, elle m'a convaincu que j'avais le devoir de continuer de vivre et d'honorer ainsi la mémoire de Mac et de tous ceux qui n'étaient jamais revenus de la guerre.

Voilà ce que j'ai tenté d'accomplir, Lachlan. Et voilà pourquoi je t'ai raconté mes histoires de guerre. La guerre est terrible. Mais le pire de tout, ce sont les erreurs qui y sont commises, des erreurs colossales qui coûtent la vie à des milliers de gens. Des erreurs qui marquent à tout jamais ceux qui survivent.

Tout ce que je peux espérer, Lachlan, c'est que toi,
tes enfants et tes petits-enfants, si tu en as, n'auront
pas à subir la guerre et ses horreurs.
Je te souhaite une longue et paisible vie.
Ton grand-papa qui t'aime,

Alistair Morrison

Dans une autre grande enveloppe, Lachlan Morrison a trouvé un exemplaire relié de cuir, un peu abîmé, de *Rob Roy* de Walter Scott, ainsi qu'une photo de trois jeunes soldats canadiens à Trafalgar Square, des pigeons perchés sur leurs épaules et sur leurs bras. Il y avait aussi une médaille militaire et une barrette de bronze avec Dieppe inscrit dessus. Elles n'avaient jamais été sorties de leur emballage.

NOTE HISTORIQUE

L'attaque de Dieppe nous hante encore. Comment une telle horreur a-t-elle pu se produire? Comment se fait-il qu'un si grand nombre de Canadiens y aient trouvé la mort?

Avant de répondre à ces questions, faisons d'abord un détour par la ville de Dunkerque, en France. Là-bas sur les plages, deux ans avant Dieppe, des milliers de soldats britanniques et français se sont retrouvés piégés par l'armée d'Hitler qui occupait la France. Fin mai 1940, des dizaines de milliers de soldats alliés étaient sur le point de se faire tuer ou d'être faits prisonniers. C'est alors que, de tous les ports du sud de l'Angleterre, des bateaux ont pris la mer et traversé la Manche, sauvant ainsi 338 000 soldats.

Cet événement, aussitôt appelé le « miracle de Dunkerque », a brusquement remonté le moral des Britanniques. À tel point que le premier ministre Winston Churchill a dû leur rappeler qu'un sauvetage n'était pas une victoire. Churchill savait que la Grande-Bretagne n'était pas en état d'attaquer l'Europe d'Hitler.

Un jour, un plan stratégique très secret a atterri sur son bureau : on y proposait la formation d'une petite troupe d'assaut qui attaquerait et déstabiliserait l'ennemi. Aussitôt, les meilleurs soldats britanniques ont été envoyés en Haute-Écosse pour un entraînement intensif. Quelques semaines après Dunkerque, une troupe d'assaut composée de 120 hommes a traversé la Manche en pleine nuit et a fait sauter une installation allemande. Les journaux ont encensé leur action. Des attaques encore plus importantes et destructrices ont suivi.

Les généraux de l'armée canadienne n'ont pas manqué de remarquer le succès de ces opérations. Et si nos troupes y participaient? ont-ils suggéré. À l'automne 1941, 125 000 soldats canadiens étaient cantonnés en Angleterre. Aucun n'avait participé à la moindre opération. On commençait à se demander pourquoi les Canadiens n'avaient pas encore combattu. Le responsable de l'organisation de ces attaques était le beau, jeune, et ambitieux Lord Louis Mountbatten. Au début de l'année 1942, ses hommes ont choisi Dieppe, parmi d'autres ports de la France occupée par les nazis, comme cible pour de petites attaques. Mais rapidement, il a été envisagé d'effectuer sur Dieppe une gigantesque attaque avec cinq mille hommes de la 2e Division canadienne d'infanterie. Ils attaqueraient, s'empareraient de la ville, puis se replieraient. Ils montreraient ainsi à Hitler qu'il n'était pas invincible.

Le nom de code de l'attaque de Dieppe était opération Rutter. Mais ce nom changeait chaque fois que l'état-major britannique se réunissait afin de revoir la stratégie. Elle se résumait à peu de choses : l'effet de surprise et la certitude que Dieppe n'était pas bien défendue. Entre-temps, les soldats de la 2e Division canadienne suivaient un entraînement intensif sur l'île de Wight. La nuit du 2 juillet 1942, ils ont embarqué sur les transports de troupes pour ce qu'ils croyaient être un exercice de plus. On leur a alors annoncé que le lendemain, ils attaqueraient l'Europe d'Hitler lors d'une opération centrée sur Dieppe. Les hommes ont applaudi, ravis à l'idée de voir enfin un peu d'action. Toutefois, le lendemain, on leur a annoncé que l'attaque était retardée. Pendant quatre jours, dans des bateaux où régnait une chaleur étouffante, les Canadiens ont attendu l'ordre d'attaquer. À l'aube du 7 juillet, quatre avions allemands ont survolé les transports de troupes toujours à l'ancre, et les ont bombardés. Par miracle, les pertes ont été minimes. Les soldats ont été ramenés à terre. Quand on leur a annoncé que l'attaque de Dieppe était annulée, ils ont été extrêmement déçus.

Toutefois, au bout de quelques jours, Lord

Mountbatten a lancé l'idée d'organiser une seconde attaque. Sur le coup, les généraux ont rejeté ce projet. Tout le monde était au courant de l'attaque manquée de Dieppe. L'ennemi serait sûrement prêt à se défendre.

Mountbatten a soutenu que les Allemands ne s'attendraient pas à ce que les Alliés tentent d'attaquer la même cible. Il a également déclaré que, s'ils n'attaquaient pas Dieppe, il n'y aurait sûrement pas moyen de planifier une autre opération durant ce même été. Les généraux savaient que le chef soviétique Joseph Staline pressait les Britanniques d'envahir la France et de forcer ainsi Hitler à retirer une partie de ses troupes en Russie. Staline menaçait même de faire cavalier seul et de signer un traité de paix indépendant avec Hitler si les Britanniques ne cédaient pas. Le 24 juillet, Churchill a approuvé l'organisation d'une seconde attaque sur Dieppe, sous le nom de code opération Jubilee.

L'après-midi du 18 août 1942, les soldats de la 2e Division ont embarqué pour une nouvelle attaque sur Dieppe. Cette fois, personne n'a applaudi. Le premier incident s'est produit alors que les navires venaient tout juste de traverser le champ de mines de l'ennemi, au large de la côte française. Des péniches de débarquement transportant des commandos en direction de la plage Jaune sont tombées sur un convoi allemand. Il y a eu un échange de coups de feu, une canonnière britannique a été endommagée, et les péniches transportant les commandos ont été dispersées. Malgré tout, les britanniques chargés de s'emparer des grosses batteries d'artillerie allemandes défendant Dieppe à l'est et à l'ouest, ont réussi à attaquer une partie de leurs cibles. Il s'agit d'un des rares succès de l'opération.

À la plage Verte, à l'ouest de Dieppe, le South Saskatchewan Regiment a débarqué sans se faire repérer et s'est rapidement emparé du village de Pourville. Malgré leur ardeur au combat, les soldats ont vite compris qu'ils ne pourraient pas s'approcher davantage de Dieppe. Les hommes du Queen's Own Cameron Highlanders de Winnipeg, débarqués peu après sur la plage Verte, ont eux aussi été empêchés par les tirs ennemis d'avancer vers Dieppe.

Sur la plage Bleue, les hommes du Royal Regiment of Canada ont été accueillis par un feu nourri de balles et d'obus. Des 250 hommes débarqués en premier, seule une poignée a réussi à se rendre jusqu'à la digue. Parmi tous les régiments, les hommes du Royal Regiment of Canada ont subi les plus lourdes pertes : 225 morts et 264 et 264 prisonniers. Les soldats débarqués sur les plages du centre-ville de Dieppe, soit la plage Rouge et la plage Blanche, ont aussi essuyé un feu nourri de l'ennemi. Les chars d'assaut du Calgary Tanks Regiment (devenu aujourd'hui le 14ᵉ Régiment blindé du Canada) étaient soit coincés sur la plage de galets, soit incapables d'avancer plus loin que l'esplanade de béton bordant la plage. En revanche, des hommes du Royal Hamilton Light Infantry se sont emparés du bâtiment blanc du casino de la ville, et quelques hommes de l'Essex Scottish Regiment de Windsor ont réussi à se rendre jusque dans les rues de la ville. Quand le commandant du raid, le général Ham Roberts, l'a appris, il a décidé d'envoyer ses troupes de réserve, le régiment des Fusiliers Mont-Royal de Montréal. Mais eux aussi ont débarqué sous les tirs intenses de l'ennemi.

Il a fallu attendre 9 h 40 pour que Ham Roberts, depuis son navire de commandement resté au large, réalise que l'attaque était un échec total. Le visage blême, il a donné l'ordre, en langage codé, de battre en retraite. Mais le sauvetage des survivants, sur les plages jonchées de cadavres, n'allait pas être facile. Après plusieurs tentatives, Roberts a donné l'ordre aux navires restés au large de retourner en Angleterre. Il laissait derrière lui 3 367 hommes, dont 2 752 Canadiens, morts ou sur le point d'être faits prisonniers par les Allemands. Parmi les 1 027 morts, on comptait 907 Canadiens. Comme un des survivants se le rappelle : « Tous ceux qui étaient sur ces plages vous diront que l'eau était rouge de sang et que les vagues rejetaient des parties de corps humains sur la grève. » Pour cette raison, on dit que l'attaque de Dieppe représente « les neuf heures les plus sanglantes de l'histoire militaire canadienne ».

Malgré l'échec de l'opération, on a prétendu que « d'importantes leçons » avaient été tirées de Dieppe et avaient contribué au succès du débarquement de Normandie en juin 1944 et, par la suite, à la défaite de l'Allemagne nazie. Assurément, les Alliés n'allaient plus jamais tenter d'attaquer un port tenu par l'ennemi. Mais aujourd'hui, la plupart des historiens s'accordent à dire que le prix à payer était beaucoup trop élevé.

Le matin du 1er septembre 1944, les soldats de la 2e Division canadienne ont défilé dans la ville de Dieppe libérée et ont été accueillis avec des fleurs et du champagne. Cet après-midi-là, ils se sont rendus au cimetière planté de petites croix de bois pour rendre hommage aux hommes morts deux ans auparavant, dont le nombre dépassait le millier. Depuis, le 19 août de chaque année, la ville de Dieppe est pavoisée de drapeaux canadiens. Dans le Square du Canada, une immense foule se rassemble autour du monument commémoratif portant l'inscription suivante : *Sur les plages de Dieppe, nos cousins canadiens ont payé de leur sang la marche vers notre libération définitive.*

Soldats canadiens embarquant sur un transport de troupes pour se rendre à Dieppe à l'été 1942

Soldats débarquant d'une péniche et se hâtant de gagner le rivage

À 9 heures du matin, le 19 août 1942, 225 soldats gisaient morts au pied de la digue de la plage Bleue.

Prisonniers canadiens défilant dans les rues de Dieppe

Les hommes de la baraque 19B du Stalag VIIIB *(ci-dessus) posant pour la photo. Avec des pelles artisanales (ci-dessous), les Canadiens ont creusé des tunnels afin de s'échapper du camp de prisonniers.*

Après la marche de la mort qui a duré quatre mois, durant l'hiver exceptionnellement froid de 1945, les soldats survivants étaient extrêmement amaigris.

Parmi les survivants du débarquement de Dieppe et des camps de prisonniers, on compte le soldat Ron Reynolds (en haut) du Royal Regiment of Canada de Toronto, le sergent-major Harry Beesley (en bas à gauche) du Commando britannique n° 3 et le padre John Foote (en bas à droite).

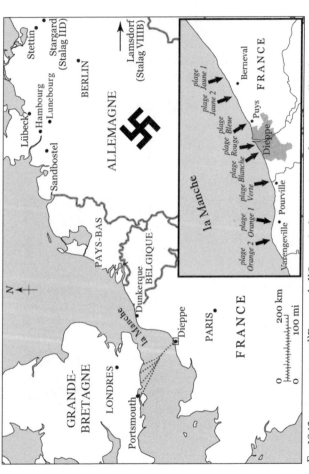

En 1942, presque toute l'Europe de l'Ouest était occupée par les armées d'Hitler.

GLOSSAIRE

Alliés : Les pays, dont la Grande-Bretagne, les États-Unis, l'Union soviétique, le Canada et d'autres, qui ont combattu l'Allemagne, le Japon et l'Italie durant la Deuxième Guerre mondiale.

artillerie : armement tel que fusils lourds et canons.

batterie : position défensive à partir de laquelle on fait feu avec des canons.

blitz : mot formé à partir du mot allemand *Blitzkrieg*, signifiant « guerre éclair ». Le mot blitz a d'abord désigné la période de bombardements intensifs effectués par l'Allemagne nazie contre la Grande-Bretagne du 7 septembre 1940 au 10 mai 1941.

Bren : Le Bren est une mitrailleuse légère, munie d'un bipode qui soutient le canon lorsque l'arme est utilisée en position fixe. Un **char Bren** est un petit véhicule blindé, équipé de mitrailleuses Bren et qui roule sur des chenilles, comme les chars d'assaut.

cartouchière : bandoulière munie de ganses ou de pochettes servant à transporter des balles de fusil.

casemate : construction en béton, à toit bas, pour une mitrailleuse ou un canon antichar.

chevron : écusson brodé, en forme de V, cousu sur un uniforme militaire. Dans l'armée canadienne, un *caporal* porte un chevron. Un *chef-caporal* en porte deux et un *sergent* trois. Les soldats de ces trois rangs étaient appelés des sous-officiers (s/off) et n'étaient pas considérés comme des officiers.

commando(s) : force de combat spéciale (ou ses membres), employée pour effectuer des raids destructeurs. Cette appellation a été utilisée pour la première fois lors de la guerre des Boers (1899 à 1902).

contrefort : pilier servant à consolider une construction.

convoi : groupe de navires naviguant ensemble et escorté par des navires de guerre.

destroyer : navire de guerre rapide et de petite taille, généralement armé de canons et de lance-torpilles.

digue : mur construit pour éviter qu'une plage soit engloutie par la mer.

dragueur de mines : navire qui fait sauter les mines flottantes ou sous-marines.

échelle d'aluminium : échelle légère, faite de tubulures d'aluminium et démontable en sections de 1,5 mètre.

Luftwaffe : armée de l'air allemande à l'époque de la Deuxième Guerre mondiale.

milice : force armée composée de volontaires, à laquelle on fait appel en période de crise.

mortier : canon portatif utilisé pour tirer des obus à un angle très ouvert, sur de courtes distances.

nazi : membre du parti politique dirigé par Adolf Hitler, l'homme au pouvoir en Allemagne de 1933 à 1945.

obus : projectile généralement explosif, utilisé par l'artillerie.

padre : titre signifiant « père », donné aux aumôniers de l'armée canadienne.

paillasse : matelas fait d'un sac de coton rempli de paille.

RAF : Royal Air Force, l'armée de l'air britannique.

Riley : surnom donné aux soldats du Royal Hamilton Light Infantry Regiment.

Royal : surnom donné aux soldats du Royal Regiment of Canada.

Scots wha hae : Ce sont les premiers mots de l'hymne national écossais : *Scots wha hae wi' Wallace bled,* qui se traduit en français par « Écossais, vous qui avez répandu votre sang avec William Wallace ». Wallace est le héros écossais du film *Braveheart* (*Cœur vaillant* en doublage québécois).

simple soldat : grade le plus bas au sein d'une armée.

Sten : pistolet mitrailleur britannique utilisé durant la Deuxième Guerre mondiale et réputé pour la simplicité de son mécanisme et son faible coût de production.

U-boot : mot formé à partir du terme allemand *Unterseeboot,* signifiant « navire sous-marin ».

unité d'armée : Durant la Deuxième Guerre mondiale, *l'armée canadienne* était composée de 5 **divisions**. La *2ᵉ Division d'infanterie,* qui a combattu à Dieppe, était composée de 3 **brigades**; chaque **brigade** était composée de 3 **régiments** formés de 2 **bataillons**. Un bataillon était formé de 5 **compagnies** formées de 3 **pelotons** d'environ 35 soldats chacun. Un **bataillon** était composé généralement de 600 à 800 hommes.

REMERCIEMENTS

Sincères remerciements aux personnes et organismes qui nous ont permis de reproduire les documents mentionnés ci-dessous.

Couverture (portrait en haut à gauche) : Le soldat Lefebvre, du Royal Canadian Army Service (R.C.A.S.), portant un écusson des parachutistes canadiens, Ottawa, Ontario, Canada, 19 mars 1943, Lieut. Ken Bell/Canada. Ministère de la Défense nationale, Bibliothèque et Archives Canada / PA-198346.

Couverture (en bas) : Soldats de l'infanterie canadienne participant à un exercice de débarquement, Seaford, Angleterre, 8 mai 1942, Bibliothèque et Archives Canada / PA-144598.

Détails de la couverture, recto : vieille reliure de cahier © Shutterstock/Bruce Amos; vieux papier © Shuterstock/ Filipchuck Oleg Vasilovich; ruban adhésif © Phase4-Photography; sangle © ranplett/istockphoto; verso : étiquette © Shutterstock/Thomas Bethge.

p. 241 : soldats canadiens embarquant dans une péniche, lors d'un exercice préparatoire à l'attaque de Dieppe, France, été 1942, Canada. Ministère de la Défense nationale/Bibliothèque et Archives Canada, PA-113244.
p. 242 : commandos débarquant d'une péniche, lors d'un exercice en Écosse, 28 février 1942; W. Lockeyear (lieut.), E. G. Malindine (lieut.)/Musée impérial de la guerre, H 17477.
p. 243 : gracieuseté de la collection Terence Macartney-Filgate.
p. 244 : gracieuseté de Jayne Poolton-Turvey.
p. 245 (en haut) : baraque 19B, *Stalag VIIIB*, gracieuseté de Fred Engelbrecht.

p. 245 (en bas) : gracieuseté de la collection Terence Macartney-Filgate.

p. 246 : anciens prisonniers du *Stalag 11B*, aux corps squelettiques, à Fallingbostel, 17 avril 1945, Hardy (sergent)/Musée impérial de la guerre, BU 3865.

p. 247 (en haut) : le soldat Ron Reynolds du Royal Regiment of Canada de Toronto, gracieuseté de Ron Reynolds.

p. 247 (en bas, à gauche) : le sergent-major Harry Beesley, du Commando britannique n° 3, gracieuseté de Jack Beesley.

p. 247 (en bas, à droite) : le *padre* John Foote, gracieuseté du musée du Royal Hamilton Light Infantry Regiment.

p. 248 : carte de Paul Heersink/Paperglyphs.

L'éditeur tient à remercier J. L. Granatstein, auteur de *The Generals : The Canadian Army's Senior Commanders in the Second World War*; *In Canada's Army : Waging War and Keeping the Peace* et *Who Killed Canadian History?* pour nous avoir fait partager son expertise historique. Et merci à Barbara Hehner pour avoir minutieusement vérifié les faits historiques.

NOTE DE L'AUTEUR

Prisonnier à Dieppe est un roman. Toutefois, les événements qui y sont décrits sont véridiques. Alistair et Mac sont des personnages de fiction, mais leurs expériences sont semblables à celles des vrais soldats. Le sergent-major Kewley, le sergent Hartley et le lieutenant Whitman sont également des personnages de fiction, ainsi que le soldat Pullio. Tous les autres personnages ont réellement existé : les commandants Hedley Basher et Douglas Catto, le commandant du *Stalag VIIIB* surnommé Spitfire, Harry Beesley, Sidney Cleasby et Bill Lee.

De même pour le *padre* John Foote, qui a été le premier aumônier canadien à recevoir la Croix de Victoria, la plus haute distinction décernée pour bravoure au sein du Commonwealth britannique. Il est mort en 1988, et la James Street Armoury à Hamilton, en Ontario, porte désormais son nom. Stan Darch, qui s'est fait donner une paire de chaussures durant la marche des prisonniers, vit encore à Hamilton et, le 19 août de chaque année, il participe à la commémoration de Dieppe. La famille de Ron Reynolds a eu une cérémonie commémorative spéciale le 19 août 2010 : conformément aux dernières volontés de Ron, elle a répandu ses cendres sur la plage Bleue de Dieppe. Ron Reynolds parlait toujours de Harry Beesley avec beaucoup d'admiration. Lui qui en avait aidé tant d'autres au *Stalag VIIIB* n'est jamais revenu de la guerre. En décembre 1944, il s'est évadé d'un camp de prisonniers en Pologne et s'est retrouvé à bord d'un vieux train bringuebalant qui se dirigeait vers un port fluvial plus au sud, où il espérait pouvoir s'embarquer vers l'Angleterre. Pendant un arrêt en gare, les deux wagons de queue du train se sont détachés et ont commencé à reculer. Beesley les a rattrapés en courant et a réussi à actionner le frein à bras. Les roues se sont mises à glisser sur les rails et, soudain, les wagons ont basculé. Beesley est mort écrasé sous leur poids. Des dizaines de personnes à bord de ces wagons ont eu la vie sauve grâce à lui. Il est mort comme il a vécu : en héros.

Le 19 août 2007, j'étais à Dieppe pour la cérémonie commémorative du 65e anniversaire du débarquement. Toute la ville était pavoisée de drapeaux canadiens. En tant que Canadien, j'ai vécu là l'expérience la plus émouvante de toute ma vie. J'y ai rencontré plusieurs de ceux dont j'ai raconté l'histoire dans mon livre documentaire sur Dieppe : *DIEPPE : La journée la plus sombre de la Deuxième Guerre mondiale*.

J'ai eu la chance de pouvoir écrire au sujet d'événements historiques particulièrement intéressants. En 1986, j'ai participé à la rédaction du succès de librairie, *À la découverte du Titanic*, aux Éditions Scholastic, de Robert Ballard, l'explorateur qui a finalement retrouvé l'épave du *Titanic*. Quelques années plus tard, j'ai moi-même écrit deux livres sur la fascinante histoire de ce navire au destin tragique :

Inside the Titanic et *882 ½ Amazing Answers to Your Questions About the Titanic*.

En 1993, j'ai eu le privilège de pouvoir examiner les journaux intimes, la correspondance et les albums de photos du dernier tsar de Russie et de sa famille. Mon livre *Anastasia's Album* s'appuie sur cette documentation. J'ai aussi écrit : *Carnation, Lily, Lily, Rose; To Be a Princess; The Other Mozart* et *Breakout Dinosaurs*.

Hugh Brewster est l'auteur de onze livres. Il a remporté plusieurs prix littéraires canadiens en littérature jeunesse, et son livre *Carnation, Lily, Lily, Rose* a été sélectionné pour le prix du gouverneur général du Canada. Pour plus d'information, consulter son site Web.

REMERCIEMENTS DE L'AUTEUR

Je tiens à exprimer ma reconnaissance envers les vétérans de Dieppe et leurs familles, qui ont bien voulu partager avec moi leurs souvenirs et leurs documents. Ron Reynolds a été une grande source d'inspiration et d'information dans l'élaboration de ce livre, et je lui suis grandement redevable, ainsi qu'à sa femme Margaret. Fred Engelbrecht, ancien combattant du Royal Hamilton Light Infantry, m'a fait bénéficier de son excellente mémoire en me racontant des dizaines de moments fascinants. Je veux aussi remercier Gordon McPartlin, ancien combattant du Royal Hamilton Light Infantry, pour m'avoir raconté ses souvenirs, et Jayne Poolton-Turvey, qui a travaillé avec son père, feu Jack Poolton, à l'écriture de ses mémoires publiées sous le titre de *Destined to Survive : A Dieppe Veteran's Story*. Je dois beaucoup au livre de John Mellor *Forgotten Heroes*, en particulier pour la description de la vie dans les camps de prisonniers. Le capitaine Bruce Barbeau, du musée du Royal Regiment of Canada, a relu mon manuscrit et m'a fait quantité d'excellentes suggestions, dont les paroles de la chanson des « Basher's Dashers ». Merci aussi à Stan Overy, du musée historique du Royal Hamilton Light Infantry Regiment, et au cinéaste Terence Macartney-Filgate, pour leurs collections de photographies. Enfin, un grand merci à J. L. Granatstein, spécialiste de l'histoire militaire, pour la relecture attentive de mon texte, et à ma collègue et éditrice de longue date, Sandra Bogart Johnston.

Dans la même collection

De fer et de sang

La construction
du chemin de fer canadien

Lee Heen-gwong,
Colombie Britannique, 1882